굿바이
미스터
하필

굿바이 미스터 하필

김진경 장편소설

문학동네

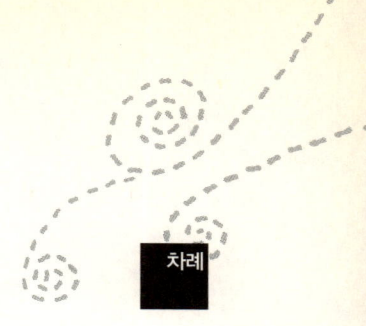

차례

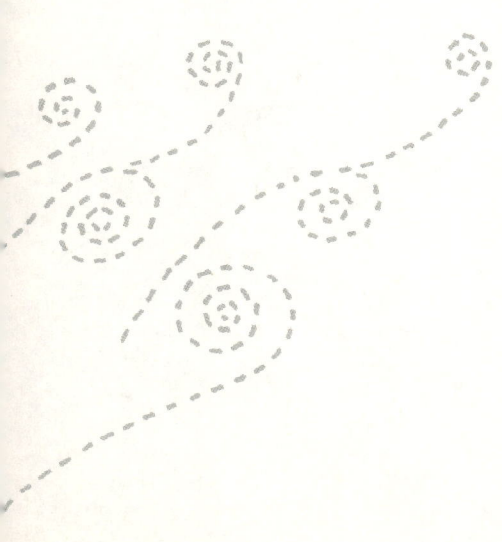

나는 마음을 터놓아도 좋은 편한 자리에서는 말이 많아지지만 그렇지 않은 자리에서는 거의 말을 하지 않는 편이다. 이것은 매우 비사교적인 태도여서 살아가는 데 여러 가지 불편을 가져온다. 하지만 나는 이런저런 손해를 감수하면서도 그 비사교적인 태도에서 벗어날 수가 없었다. 그것은 어쩌면 어릴 적 내가 겪었던 실어증의 흔적인지도 모른다.

내가 실어증에 걸렸던 때는 말하자면 죽은 자와 함께 지냈던 기간이다. 나와 함께 지냈던 그는 젊은 남자였는데, 나는 그에 대해서 아무것도 알지 못했다. 심지어는 얼굴이 어떻게 생겼는지도 알지 못했다. 한 번 보긴 보았지만 그의 얼굴은 이미 많이 상해 있어서 원래의 모습을 짐작하기 어려웠다. 그럼에도 불구하고 엉뚱하게도 그는 나에게 대단히 중요한 의미를 갖게 되었다. 그것은 그가 내 자리를 무단 점거했기 때문이었다. 그 시기에 그 자리는 이 세상에서 내가 마음 편히 머물 수 있는 유일한 장소였고, 이 세상과 나를 이어주고 있는 유일한 끈 같은 것이기도 했다. 그러니 처음 그 장소를 무단 점거하고 있는 그를 발견했을 때 내가 얼마나 당황했겠는가? 더구나 초면임에도 불구하고 그는 무례하기 짝이 없었다. 그는 뻔뻔하게도 누운 채로 멀뚱멀뚱 나를 쳐다보기만 했다. 얼마나 오래 씻지를 않았는지 몰골이 말이 아니었다. 무엇보다 불쾌한 것은 그에게서 풍겨나오는 냄새였다. 그 냄새 때문에 나는 대화를 포기하고 돌아섰다. 하지만 돌아선다고 문제가 해결될 수 있는 건 아니었다. 어쨌든 그 장소는 그 시기에 세상과 나를 이어주는 유일한 끈 같은 것이었는데 그가 멋대로 그 장소를 점거하고 있으니 그냥 넘어갈 수 있는 일은 아니었다.

그 장소를 처음 발견한 것은 그를 만나기 달포 전쯤이었다. 나는 T시에 있는 T중학교 일학년생이었다. 햇볕 좋은 어느 봄 날 나는 무성한 그늘을 드리우고 있는 등나무 아래 벤치에 앉아 있었다. 수업중이라 교정은 고요했고, 그 고요함 속으로 햇볕이 내려쌓이고 있었다. 내려쌓이는 햇볕에 대기의 밀도가 높아져 적당히 따뜻한 물속에 들어와 있는 것 같은 착각이 들었다. 내 몸은 그 물속에서 해면처럼 풀어지려 하고 있었다.
"너 내 말 듣고 있는 거야?"

양철판을 두드리는 듯한 목소리가 맞은편에서 들려왔다. 감겨 있던 눈을 겨우 떴다. 맞은편 벤치에 앉아 있는 뚱뚱한 아주머니의 입이 눈에 들어왔다. 시끄러운 소리는 그 입에서 발사된 모양이었다.

나는 퍼뜩 정신이 들어 자세를 바로 했다. 한순간 농밀해질 대로 농밀해진 대기가 물결처럼 흔들렸다. 나는 대기의 밀도가 더 높아져 젤리처럼 되었으면 좋겠다고 생각했다. 젤리 속에 앉아 있으면 잠을 자도 자세가 흐트러지지 않을 테고, 잘 하면 눈도 뜬 채 잘 수 있을 것이다.

아주머니의 등장은 매번 무례하기 짝이 없었다. 교실 복도 쪽 창문은 아래쪽은 들여다볼 수 없는 우윳빛 유리였고 위쪽은 투명했는데, 그 아주머니의 등장은 그 투명한 유리에 돼지머리같이 퉁퉁한 얼굴을 내미는 데서부터 시작되었다. 눈알을 굴려 내가 교실에 있나 없나를 확인한 다음 수업중인 교실 앞문을 드르륵 열어 나를 불러냈다.

아주머니의 이야기는 늘 똑같았다. 엄마가 도망가 숨은 곳이 어디냐? 빨리 대라. 달래보다가 윽박지르다가 울면서 하소연하다가 한참 신세 한탄을 늘어놓고는 돌아갔다. 처음 한 번은 좀 겁을 먹은 채 멋도 모르고 들었다. 그런데 듣고 보니 나로서는 전혀 들을 필요가 없는 말들이었다. 도대체 내가 대답할 수 있는 게 하나도 없었다. 그 다음부터는 무슨 소리를 하든 한 귀로 흘리며 적당히 졸았다. 그리고 나에게 아무 대답도 들을 수 없다는 걸 뻔히 알면서 계속 찾아오는 게 슬슬 화가 나기 시작했다.

"사람들이 뻐―꾹 안 되는 거야. 빚을 졌뻐―꾹 빚을 갚뻐뻐―꾹……."

멀리서 뻐꾸기 우는 소리가 아련히 들려왔다. 졸고 있어서 그런지 자꾸만 뻐꾸기 소리와 아주머니 목소리가 뒤섞였다. 짜증이 났다. 졸음도 달아났다.

'잡음이 심하군. 녹음테이프에서 잡음을 좀 지워내야겠어.'

나는 아주머니의 목소리를 지우고 뻐꾸기 소리에 집중했다. 산하나를 사이에 두고 암수놈이 서로 부르고 대답하는 것 같았다. 문득 저 뻐꾸기 우는 데를 찾아가면 정말 마음 편히 지낼 수 있는 아름다운 세상이 있지 않을까 하는 생각이 들었다. 괜히 뭉클해지며 가슴이 아려왔다.

'그래, 꼭 그런 덴 아니라도 따뜻하고 아늑한 곳을 한번 찾아보자. 나만의 장소를 만드는 거야, 칡꽃 향기도 풍기는 그런 곳에 말이야.'

왜 진작 그런 기특한 발상을 하지 못했나 억울한 생각마저 들었다. 뻐꾸기는 자꾸 울어댔고, 아련한 그리움이 가슴을 채우며 엉덩이를 들썩이게 했다. 고개를 들어 아주머니를 쳐다보았다. 잡음을 지워서 목소리는 들리지 않는데 입은 계속 뻐끔거리고 있었다. 꼭 아가미로 숨을 쉬기로 작정한 사람 같았다. 하하 웃음이 나왔다. 아주머니가 놀란 눈을 뜨며 또 입을 크게 뻐끔거렸다.

나는 벌떡 일어나 담을 향해 달리기 시작했다. 학교 담은 아이들에겐 꽤 높았다. 나는 간신히 담 위로 기어올라갔다. 등나무 쪽으로 눈길이 갔다. 아주머니는 한 손으로 등나무 아래 기둥을 잡은 채 입을 벌리고 멍하니 나를 쳐다보고 있었다. 나는 보란 듯이 일어서 양팔을 벌리고 담장 위를 몇 걸음 걸었다. 그리고 길 쪽으로 뛰어내렸다. 참을 수 없는 구토처럼 웃음이 쏟아져나왔다. 나는 토하듯이 쪼그리고 앉아 한참을 웃었다. 그러고 보니 마지막으로 웃어본 게 꽤 오래전인 것 같았다.

나는 너무 웃어 흘러내린 눈물을 닦으며 일어섰다. 간헐적으로 들려오는 뻐꾸기 소리를 나침반 삼아 도시 외곽 쪽으로 걷기 시작했다. T시는 인구 이십만 남짓의 작은 도시였다. 이십 분 정도 걷자 주택가가 끝나고 큰길 양쪽으로 밭이 펼쳐졌다. 무, 배추, 마늘 등 채소를 심은 올망졸망한 밭들이 이어지다가 넓은 옥수수밭이 나왔다. 옥수수밭은 그 반대쪽 끝이 산자락에 닿아 있었다. 뻐꾸기 소리는 그 산자락 어딘가에서 들려왔다.

나는 옥수수밭으로 들어갔다. 옥수수 줄기들은 이미 내 키를 넘게 자라 있었다. 조금 달큰하기도 하고 비리기도 하고 조금 고소하기도 한 생옥수수 냄새가 났다. 바람이 불 때마다 옥수수들이 긴 잎을 서걱였다. 옥수수들은 특별한 호의도 적의도 없이 세상으로부터 나를 가려주었다. 나는 편안한 마음이 되어 휘파람을 불며 옥수수밭을 가로질러갔다.

옥수수밭 끝에서 이어지는 산자락의 아래쪽은 키 작은 관목들로 덮여 있었다. 관목숲이 끝나는 곳부터는 솔밭이 이어졌다. 나는 관목숲을 헤치고 산을 올랐다. 관목숲과 솔밭이 만나는 어귀에 뜻밖에도 사람 여럿이 누울 수 있는 크기의 너럭바위가 있었다. 바위 위로 올라갔다. 그 위에 서면 들판과 시가지를 훤히 내려다볼 수 있었다. 하지만 앉거나 누우면 관목에 가려 밖에서는 보이지 않았다. 양지바른 동남향인데 바위 양쪽에 자란 소나무가 적당히 그늘을 드리워주었다. 사람들이 어떻게 이런 곳을 그냥 내버려두었나 싶었다.

'좋았어. 여기가 나만의 장소야.'

나는 바위 위에 누워서 뒹굴뒹굴했다. 낮 동안 햇볕에 달궈진 바위는 따뜻했고 주위의 소나무들이 적당히 햇빛을 가려주었다. 소슬바람이 간간이 스치고 지나갔다. 모처럼 마음을 편안하게 내려놓아서 그런지 나도 모르게 깊은 잠에 빠졌다. 눈을 떴을 땐 하늘이 저녁노을에 붉게 물들어 있었다.

나는 그뒤로 틈만 나면 그 너럭바위에 가서 시간을 보냈다. 시간이 지날수록 그 자리의 의미는 점점 커져갔다. 마침내는 그 나만의 장소가 사라지면 내 삶도 무너져버릴 것만 같다는 생각이 들 정도였다. 그런데 바로 그 무렵 그가 그 자리를 무단으로 점거해버린 것이다.

근 보름 동안 너럭바위에 가지 못하고 있었다. 비 오는 날도 간간이 있었고, 한 달 가까이 신세를 지던 친척집에서 다른 친척집으로 이사하는 문제도 있었기 때문이다. 벼르고 벼르다가 마음먹고 날을 잡아 그 소나무 밑의 너럭바위를 찾아갔다. 초여름이니 잘하면 칡꽃 향기도 맡을 수 있을 것 같았다.

나는 소풍이라도 가듯 들뜬 마음으로 옥수수밭을 달렸다. 산자락의 관목숲을 오르는데 어디선가 고약한 냄새가 나기 시작했다. 그 냄새는 너럭바위에 가까워질수록 심해졌다. 조금 더 오르자 누워 있는 누군가의 다리가 보였다.

"도대체 어떤 놈이 남의 자리를 차지하고 있는 거야?"

그렇게 중얼거리며 가까이 다가가다 멈칫했다. 그 침입자는 무례하게도 누운 채 나를 멀뚱멀뚱 쳐다보고 있었다. 몰골이 말이 아니었다. 얼굴과 반소매 밖으로 나온 팔은 부황이 들었는지 찐빵처럼 부푼데다 오래 씻지 않아 검게 때가 끼어 있었다. 몸의 다른 부분도 부풀어 옷이 터질 것처럼 팽팽해져 있었다. 나를 바라보는 눈이 흐리멍덩했다. 나는 너무 갑작스러워서 잠시 그 상황을 이해할 수 없었다. 멍하니 지켜보고 있는데 흐리멍덩한 한쪽 눈알이 움직였다. 나는 드디어 그가 무슨 말인가를 하려나보다 생각했다. 그런데 눈물샘에서 하얀 젤리 같은 눈물이 한 줄기 흘러나왔다. 그리고 이어서 눈알이 안쪽으로 푹 꺼지며 하얀 젤리 같은 눈물이 굼실거리는 게 보였다. 나는 벼락을 맞듯 한꺼번에 그 상황을 이해할 수 있었다. 그 하얀 젤리 같은 눈물은 구더기였다. 그는 죽었고 썩어가고 있었다. 그러자 기다렸다는 듯이 지독한 부패의 냄새가 훅 끼쳐왔다. 나는 토할 것 같아 뒤돌아서 달리기 시작했다. 관목숲을 지나고 옥수수밭을 지나 큰길로 나와서야 멈추어 섰다. 너무 숨이 차서 한참을 쪼그리고 앉아 있었다. 부패의 냄새가 생생하게 코끝에 살아 있어 구역질이 났다.

　나는 터덜터덜 걸어서 내 거처로 돌아왔다. 축 늘어져 마루에 누웠다. 역한 냄새가 여전히 코끝에 맴돌았다. 그 냄새 때문에 저녁을 먹기는 그른 것 같았다. 그것보다도 더 걱정은 밤을 어떻게 보내느냐는 거였다.

　내가 새로 이사를 한 곳은 엄청 부자인 먼 친척이 사 놓은 채 비워둔 커다란 집이었다. 집을 비워놓다보니까 간혹 부랑자들이 들어와 안을 부수기도 하고 어지럽히기도 하는 모양이었다. 그래서 나에게 방을 하나 공짜로 쓰는 대신에 문단속이나 좀 하고, 가끔 마당이나 쓸어달라는 것이었다. 나는 그러면 마음은 편히 지낼 수 있겠다 생각했는데 막상 와보니 그게 아니었다. 그때까지 잘살아본 적이 없는 나의 기준으로 보자면 그 집은 도저히 개인 주택이라고 할 수 없을 만큼 컸다. 정원이 한 사오백 평 되는 것 같았고 집도 백 평 가까이 돼 보였다. 정원에는 연못도 있고 그 가운데 작은 섬까지 있었다. 그리고 넓적한 돌을 간 오솔길이 연못가와 작은 동산 위로 구불구불 놓여 있었다. 연못가와 작은 동산에는 아름드리나무들이 꽤 여러 그루 솟아 있었다. 그러면 운치가 있어 보여야 하는데 그렇지가 못했다. 오래 손보지 않아서 풀들이 동산이고 길이고 마당이고 가리지 않고 우북하게 자라 음산한 느낌을 주었다. 게다가 묵은 낙엽들이 어디에고 쌓여 있어 걸을 때마다 버적버적 소리를 냈다. 그건 집도 마찬가지였다. 백 평짜리 일본식 집은 복도도 많고 다다미를 깐 이런저런 크기의 방들도 많았다. 그리고 사방이 다 미닫이문인데 부서져 넘어져 있기도 하고 구멍이 숭숭 나 있기도 했다. 기와지붕 위에도 풀이 듬성듬성 나 있었다. 그런 집에서 매일 밤 혼자 지내야 한다니 좀 끔찍스러웠다. 그 집이 밤마다 연출해낼 귀곡산장을 생각하니 대낮인데도 소름이 돋고 머리칼이 쭈뼛쭈뼛 서는 것 같았다. 그래도 거기서 살아야 하니 어쨌든 그 집과 친해져야만 했다.

잘 때는 머리맡에 희미한 등을 켜놓았는데 처음에는 온갖 것들이 다 나를 무섭게 했다. 묵은 낙엽들이 바스락거리는 소리, 창호지 문에 비쳐든 나무 그림자, 오줌 누러 나갔을 때 풀이 우거진 곳에 고여 있는 시커먼 어둠, 검게 번들거리는 연못의 물, 숭숭 뚫린 그 많은 창호지 문 사이로 바람이 불어대는 소리, 삐그덕거리는 문소리, 벽에 걸어놓은 옷가지들의 시커먼 형체 등등이 기괴한 모양으로 덩치를 점점 불리면서 밤마다 나를 압박해왔다. 하루 이틀 그 허깨비들 때문에 잠을 설치고 나자 이대로는 안 되겠다는 생각이 들었다. 그 허깨비들은 내가 이불을 뒤집어쓰고 움츠리면 움츠릴수록 더 빠르게 덩치를 키워가기만 했다. 어느 날 밤 나는 벼르고 벼르다가 속으로 '어디 보자!' 하며 이불을 젖히고 벌떡 일어나 앉았다. 그리고 벼락처럼 소리를 질렀다.

"에이 씨, 너희들 다 나와봐!"

뜻밖에도 소리 한번 치는 걸로 게임은 아주 싱겁게 끝나버렸다. 그렇게나 무섭게 덩치를 불려가던 허깨비들이 갑자기 바람이 빠져나가는 풍선처럼 순식간에 쪼그라들더니 사라져버렸다. 허깨비들은 다 내 마음이 만들어내는 것이어서 마음을 움츠릴수록 커진다. 하지만 반대로 마음을 곧게 펴고 말을 걸면 순식간에 쪼그라들어 사라지기 마련이었다. 그제야 나는 그 집과 친해질 자신이 조금 생겼다. 그렇게 가까스로 그 집과 친해지고 있는 터였는데 눈 온 데다 서리까지 내린다고 덜컥 너럭바위를 무단 점거한 그자를 만난 것이다. 다른 허깨비들은 몰라도 이 무단 침입자는 도저히 자신이 없었다. 말을 걸어도 쪼그라들어 사라질 것 같지가 않았다. 그러기에는 그 끔찍한 몰골과 부패의 냄새가 너무도 생생했다. 나는 어두워지기도 전에 방과 마루의 불을 있는 대로 켜놓고 저녁을 포기한 채 일찌감치 이불을 깔았다.

누워서 뒹굴뒹굴하다보니 한편으로 그도 참 불쌍한 사람이란 생각이 들었다. 오죽하면 그 외진 데까지 와서 자리를 차지했으랴. 그렇게 생각하니 그를 흉악한 강탈자로만 치부했던 게 좀 미안하기도 했다. 나는 그에게 사과의 뜻으로 이름을 지어주기로 했다. 또 이름을 지어주면 그가 좀 예의발라질 것 같기도 했다.

"형씨, 하필이면 내가 가장 어려운 때에, 하필이면 그 많고 많은 데 다 놔두고 나만의 장소로 정해둔 곳을 무단 침입했으니 아무래도 형씨 이름은 '미스터 하필이면'이 적당하겠수다. 이름이 너무 긴가? 그럼 뭐 편하게 줄여서 '미스터 하필'로 하지. 괜찮수?"

형씨 어쩌구 하는 말투는 어떤 영화에서 조연배우가 쓴 이후로 아이들 사이에서 유행하고 있었다. 그리고 미스터 하필 같은 이름은 영어를 처음 배워 신기해하는 우리 중학교 일학년짜리들에게 유행이었다. 우리들은 한국 이름 중에서도 미스터나 미스, 미세스를 붙이면 꼭 외국사람 이름처럼 들리는, 그런 이름을 찾아내는 데 열을 올리고 있었다.

"'미스터 하필', 괜찮지 않수?"

나는 중얼거리며 싱겁게 혼자 웃었다. 그러자 악취인지 향기인지 모를 정도로 희미해진 부패의 냄새가 코끝을 살짝 스쳤다.

악몽에 시달리며 밤새 끙끙 앓았던 모양이었다. 아침에 눈을 떠보니 열시 가까이 되어 있었다. 지각도 한참 지각이었다. 입 안이 까끌까끌해서 아침은 먹을 수 없을 것 같았다. 나는 부랴부랴 세수만 하고 학교로 달려갔다. 지각했다고 혼날 줄 알았는데 담임은 내 얼굴을 보고는 별 말이 없었다. 얼굴이 무척 안 좋아 보였던 모양이다.

"너 어디가 안 좋은 거여?"

짝꿍도 걱정을 했다. 나는 고개만 끄덕였다. 평소에도 말이 없기는 했지만 이상하게 목이 막힌 것처럼 말이 나오지를 않았다. 짝꿍은 이름이 관호였는데 완전한 촌놈이었다. 학기 초에 담임이 분단장을 정하는데 누굴 시키기도 전에 어떤 아이가 손을 번쩍 들었다. 키가 껑충하고 목이 긴 게 왠지 좀 엉성해 보였다.

"어디 보자, 네 이름이…… 김관호구나. 그래, 관호 너는 삼분 단 분단장이다."

담임이 수첩에서 눈을 떼며 웃었다.

"저…… 그게 아니구유, 울 엄니가유 반장이든 부반장이든 부 장이든 그런 거는 공부에 거시기 된다구 일절 하지 말랬거든유. 그래서 지는 꼭 빼달라고 말씀드리려 한 건디유."

관호가 엉거주춤 일어나서 말했다. 교실이 졸지에 웃음바다가 되었다.

관호는 점심시간에 나를 매점으로 데리고 가서 빵과 우유를 사 주었다. 관호는 자린고비형 효자로 유명했다. 부모님이 땀 흘리며 농사지어 보내는 돈이라고 일원 한 푼도 허투루 쓰질 않았다. 그 러니 관호로서는 큰맘을 먹고 한턱 쓴 셈이었다. 관호의 성의가 기특해서 맛있게 먹어주었다.

배가 채워지고 긴장이 풀리자 갑자기 심한 무기력감이 찾아왔 다. 물에 빠져 허우적거리다가 뭔가를 붙들었는데 그게 전혀 기댈 만한 게 못 되어 물속으로 쑥— 빠져들어가는 느낌이라고나 할 까?

"나는 자취하는데 니두 그렇지?"

관호가 물었다. 대답을 하려는데 말이 머릿속에서만 울릴 뿐 소 리가 되어 입 밖으로 나오지를 않았다. 하는 수 없이 고개만 끄덕 였다.

"그러믄 잘됐다 야. 가끔 니가 내 자취방에 와서 자든지 내가 니

자취방에 가서 자든지 하자. 맨날 혼자 있으니까 어떤 땐 심심해."

　매일 귀곡산장에서 혼자 밤을 보내고 있는 내 처지에 관호의 제
안은 반가운 것일 수밖에 없었다. 그래서 나는 '내 자취방에 오는
건 대환영이야. 그런데 정 심심하면 무협지나 만화라도 빌려다 보
지 그러냐?' 라고 대답하려 했다. 그런데 입만 뻐끔거려질 뿐 말이
소리가 되어 입 밖으로 나오질 못했다. 나는 소리를 내보려 애를
썼다. 말을 심하게 더듬는 아이들이 간혹 그러듯이 목과 얼굴에
핏대까지 세웠다. 하지만 말은 끝내 입 밖으로 소리가 되어 나오
지를 못했다. 등에 식은땀이 흘렀다.

　"너 진짜 어디가 많이 아픈 모양이구나."

　관호가 걱정스러운 표정으로 건너다보았다.

　'정말 목구멍이 꽉 막히는 이상한 병에 걸린 걸까? 아니면 실어
증?'

　가슴이 쿵— 하고 내려앉았다. 나는 중학교에 들어올 무렵부터
왠지 모르게 내 몸에 대해 민감해져 있었다. 어느 날은 머리 감다
대야 속에 빠져 있는 머리칼을 보고 혹시 문둥병이 아닐까 하루
종일 걱정한 적도 있었다. 그날도 하루 종일 그 이상한 병으로 인
한 온갖 비극적 결말에 대한 상상이 머리를 떠나지 않았다.

　나는 오후 내내 수업은 듣지 않고 노트에 잔뜩 낙서만 했다. 낙
서는 늦봄 무렵부터 생긴 습관인데 일종의 자기 방어 같은 거였
다. 세상이 나에게 너무 적대적이어서 내 안에라도 뭔가를 만들지

않으면 내가 부서져버릴 것 같은 느낌이 들 때 나는 낙서를 했다. 물론 낙서를 한다고 해서 갑자기 내 안에 뭐 대단한 게 생겨날 리는 없었다. 그러니까 낙서는 일종의 경계색 같은 거였는지도 모른다. 다른 생물의 공격을 방어할 만한 무기가 없는 곤충들이 요란한 색깔로 자기가 대단한 무기를 가진 양 위장을 하듯이. 다른 게 있다면 나의 경계색은 밖의 공격자들을 향한 것이 아니라 나 자신을 향한 것이라는 점이었다. 그것은 '걱정 마, 네 안에 뭔가 단단한 게 있어'라는 자기암시였고, '그러니까 절대 무너져서는 안 돼'라는 나 자신에 대한 호소이기도 했다. 그렇기 때문에 낙서의 내용 따위는 하나도 중요한 게 아니었다. 그럴듯한 단어를 별 의미 없이 써도 되고, 기억나는 문장을 아무렇게나 비틀어 써도 되고, 간단한 그림을 그려도 상관이 없었다.

그날 나는 미친 듯이 낙서를 했다. 학교에서도 했고, 집에 와서도 저녁을 대충 해먹고 이불 깔고 엎드려 낙서를 했다. 그런데 그날의 낙서는 느낌이 좀 달랐다. 이전의 낙서는 내가 나 자신에게 거는 끝없는 말 같은 느낌을 주었었다. 그런데 그날은 내가 종이 위에 갈기는 글자들이 살아 움직이며 내 안으로 흘러들어 어둡고 텅 빈 공간을 만들어내는 것만 같았다.

'이젠 내 안에 뭔가 단단한 게 있는 척해서 되는 게 아니라 정말로 내 안에 뭔가 단단한 걸 만들어내야 하는 걸까?'

하지만 나는 어찌하면 그렇게 될 수 있는지 알지 못했다.

그렇게 이삼 일이 흘렀다. 학교나 밖에서는 말을 못 하는 게 그리 큰 문제가 되지는 않았다. 나는 학교 양호실에서 붕대를 얻어 목에 감고 다녔다. 그러면 말을 해야 할 때 못 해도 손가락으로 목을 가리키면 그만이었다. 사람들은 으레 편도선이 심하게 부었겠거니 하고 넘어갔다. 정작 문제는 나 자신이었다. 이대로 영영 말을 못 하게 되는 건 아닐까 하는 초조감과 불안감이 갈수록 거대한 공포감으로 커져 공룡처럼 나를 타고 누르기 시작했다. 그럴수록 나는 더 열심히 낙서를 했다. 그날 밤도 엎드려 낙서를 하고 있었는데 점점 가슴이 답답해지더니 정말 숨이 막혀왔다. 나는 벌떡 일어나 앉았다.

　혼자서 큰 소리로 떠들어보려 했다. 하지만 여전히 말들은 소리가 되어 입 밖으로 나와주질 않았다. 내 말들은 내 안의 어둡고 텅 빈 공간을 잠시 울리다가 폐유같이 끈적끈적한 것 속에 뒤엉켜버렸다. 나의 모든 말들이, 내가 낙서한 글자들이, 그리고 알 수 없는 덩어리들이 마구잡이로 끈적끈적하게 뒤엉켜 있는 것 같았다. 그리고 그 뒤엉킨 것들 가운데 나만의 장소를 무단 침입한 미스터 하필도 있는 모양이었다. 아주 희미한 부패의 냄새가 살짝 코끝을 스쳤다. 나는 정말 미스터 하필을 붙들고 무슨 담판이라도 지어야 하는 게 아닐까 하는 생각에 가슴이 후끈했다.

　'젠장! 미스터 하필, 왜 하필이면 나만의 장소로 정해놓은 곳을 차지해서 속을 썩이냐구?'

　나는 낙서로 가득한 노트 장을 북 찢었다.

그런데 문득 미스터 하필의 말이 들려왔다.

'그걸 내가 어떻게 알았겠니? 그 너럭바위가 네게 그렇게 중요한 줄 말야.'

내 안에서 들려오는 건지 밖에서 들려오는 건지 잘 구별이 되지 않았다. 나는 손으로 물고기를 잡으려다가 물뱀을 덥석 쥐었을 때처럼 깜짝 놀랐다. 하지만 손에 잡힌 게 물뱀이라 하더라도 쉽게 놓아줄 수 있는 상황은 아니었다. 나는 그만큼 다급해져 있었다. 그나마 미스터 하필이 에티켓을 철저히 지키기로 작정을 한 것은 천만다행이었다. 그는 나에게 불쾌감을 줄 수 있는 모습이나 냄새는 전혀 드러내지 않았다. 다만 악취인지 향기인지 구분이 안 될 정도로 희미해진 냄새로 내 코끝을 살짝 건드려 자기를 나타내고, 낮고 부드러운 목소리로 말할 뿐이었다.

'몰랐다고 하면 그만예요? 남은 기가 막혀 말도 나오질 않는데.'

나는 어느새 형씨 어쩌구 하는 말투에서 툴툴거리는 어린애의 말투로 돌아와 있었다.

'그래, 어쩌다가 너랑 내가 얽히게 되었는지 모르겠구나. 뭔가 물려들어가 멈춘 톱니바퀴처럼 단단히 얽히고 말았어. 어쨌든 얽힌 걸 풀어야지. 그래야 너도 다시 말을 하고, 나도 내 길을 가지.'

'어떻게 풀어요?'

'글쎄다, 여행을 좀 해야 되겠지. 마음의 여행이든 진짜 여행이든.'

'여행을요?'

나는 망설였다. 미스터 하필이 말하는 여행이 왠지 수상쩍고 위험하게 느껴져서였다. 하지만 그렇다고 그 자리에 마냥 멈추어 있을 수도 없는 일이었다. 내가 이 집에서 계속 살아야 하기 때문에 어쩔 수 없이 이 집과 친해졌듯, 내가 계속 살려고 하는 한 그 수상쩍은 여행도 피할 수 없을 것 같았다.

나는 그날 밤 미스터 하필과 많은 대화를 나누었다. 그것은 일
종의 마음의 여행 같은 것이었다.

미스터 하필은 처음에 내가 실어증에 걸린 것 같진 않다는 의견
을 내놓았다. 마음속으로는 말을 하고 있으니 정말 말을 잃어버린
건 아니라는 거였다. 다만 다른 사람이 들을 수 있도록 소리를 내
지 못하는 거니까 일종의 의사소통 장애라는 것이었다. 나는 미스
터 하필의 말이 일리가 있다고 생각했지만 의사소통 장애라는 말
이 왠지 어렵고 싫어서 나의 병은 분명 실어증이라고 우겼다.

'뭐 굳이 그렇게 본다면 그럴 수도 있겠지.'

미스터 하필은 사소한 문제 가지고 시간을 끌기 싫은지 얼버무
렸다. 그리고 이런저런 질문들을 했다. 물론 나의 대답들은 그리

길지 않은 것들이었다. 하지만 그 길지 않은 말을 하는 동안 스크린의 영상처럼 나의 머릿속에 떠올랐다 지워지는 이야기들은 무수히 많았다. 미스터 하필이 그 모든 걸 이해하는 걸로 봐서 미스터 하필의 머릿속에도 똑같은 영상들이 지나가는 것 같았다.

나의 원시부족들

미스터 하필 실어증이 아니라도 넌 원래 좀 말이 없는 애 같구나. 더 어렸을 때도 그렇게 말이 없었니?

나 아뇨. 꼬마 땐 아이들하고 재잘거리며 잘 놀았어요. *(무슨 즐거운 일이라도 떠올리듯 빙긋이 웃는다.)*

미스터 하필 그래? 그 꼬마 때 얘기 좀 들어보자. 아무 거나 생각나는 대로 이야기해봐.

나 기억에 가장 많이 남아 있는 건 아무래도 초등학교 오륙학년 때죠 뭐. 오학년 때 이 T시로 이사 왔는데 동네 아이들 패거리가 재미있었어요. 그 패거리에 끼려면 꼭 해야 하는 일이 있었거든요. *(이야기가 진행될수록 목소리가 점점 활기를 띤다.)*

우선 조그만 손칼을 손수 만들어서 가져야 했어요. 그 손칼은 대못으로 만드는 거였죠. 그 동네에서 서쪽으로 한 이십 분쯤 걸어가면 철로가 있었어요. 목포로 향하는 호남선이죠. 아이들은 토요일이나 일요일에 그 철로로 가서 레일 위에 띄엄띄엄 대못을 얹어놓았어요. 그러면 기차 바퀴가 지나가면서 대못을 납작하게 눌러놓았어요. 그 납작하게 눌린 대못을 시멘트 바닥에 잘 갈아서 모양을 내면 손칼이 되는 거죠. 그 동네 아이들은 대개 그런 손칼을 여러 개 가지고 있었어요.

두번째는 철다리 건너기였어요. 철길을 따라 삼십 분쯤 서쪽으로 더 가면 제법 큰 내가 나와요. 그 냇물은 동네 아이들이 여름철에 미역을 감으러 다니는 곳이었는데, 그 위로 길이가 한 이백 미터쯤 되는 기차가 다니는 다리가 놓여 있었죠. 그 철다리를 건너는 것은 무척 위험한 일이었어요. 그 다리를 건너서 서쪽으로 삼백 미터쯤 가면 철로가 작은 산을 끼고 사십오 도 각도로 돌아가요. 그러니까 철다리를 건너다보면 목포 방향에서 기차가 산굽이를 돌아 갑자기 나타나는 경우가 종종 있었죠. 굉장히 위험하기 때문에 철다리 건너기는 오학년 이상의 큰 아이들이 하는 시합 같은 거였죠. 물론 삼사학년 아이들이 철다리를 건넌다고 해도 자기 친동생이 아닌 한 말리지는 않았지만 권하지도 않았어요.

손칼 만들기와 철다리 건너기는 그 패거리에 끼기 위해 누구나 꼭 해야 하는 일이었어요. 그에 비해 수영과 자전거 타기는 하면 좋지만 안 해도 그만인 거였죠. 냇물에서 텀벙거리며 배우는 개헤엄이지만 그거라도 익히지 않으면 오륙학년으로서는 체면이 좀 안 서는 일이었어요. 자전거 타기는 안 배워도 상관없지만 탈 수만 있으면 폼 나는 일이었죠. 자전거 타기가 이렇게 높이 평가받는 이유는 아이들용 두발 자전거가 따로 없었기 때문이었어요. 그래서 핸들 높이가 어깨까지 오는 어른 자전거를 타야 했는데 그게 여간 곡예가 아니었거든요. 그 동네 아이들의 그런 짓거리들이 내겐 무척 신기하게 느껴졌었죠.

미스터 하필 나 어릴 때도 동네 아이들하고 별짓 다 하고 다녔지. 그런데 그게 왜 신기하게 느껴졌니? 어떤 동네 아이들 패거리나 다 하는 일인데.

나 시골 동네 아이들 패거리의 그것과는 사뭇 달랐거든요. 시골 아이들 패거리에 들기 위해 꼭 해야 하는 일은 주로 천연자원과 관련이 있었어요. (말이 갈수록 좀 수다스러워진다.) 천연자원이라고 해서 뭐 대단한 게 아니라 가재나 참게가 어디에 많은지 잘 알고 귀신같이 잡는다든지 칡뿌리를 많이 캘 수 있는 곳을 잘 안다든지 하는, 뭔가 한 가지 장기를 갖추지 않으면 패거리에 끼기가 어려웠죠. 생산적인 일이 아니라 하더라도, 예컨대 뱀 소굴이 어디 있는지라도 알아야 했어요. 시골 동네에서 우리 옆집에 살던 아이의 장기가 바로 뱀 소굴들을 많이 알고 있는 거였죠. 동네 아이들은 여름날 덥고 지루하고 짜증이 나면 으레 패거리를 지어 그 아이를 불러냈어요. 그러면 그 아이는 들판을 가로질러 산기슭 어디쯤의 뱀 소굴로 우리를 안내했어요. 수십 마리의 뱀들이 뒤얽혀 꿈틀대고 있는 구덩이를 내려다보노라면 온몸이 으스스해지며 더위와 지루함이 한꺼번에 싹 날아가버렸죠.

시골에서 오륙학년들이 패거리에 끼기 위해 꼭 해야 하는 일은 위험부담이 있는 참외 수박 서리라든지, 땅벌집 태우기라든지, 정

월 대보름날 불싸움의 전투원이 되어 불붙은 깡통을 빙빙 돌리다 던져대는 것 따위였어요. 대보름날 불싸움은 으레 동네 뒤쪽 들판 건너 고아원 패거리들하고 붙었는데, 그 아이들은 막판이 되면 악에 받쳐 무슨 짓이든지 했어요. 신고 있던 검정 고무신에 불을 붙여 돌려대다가 던지기도 했죠. 불붙은 고무덩어리들이 얼굴이나 옷에 붙는 것은 상상만 해도 끔찍했어요. 동네 형들도 겁을 집어먹고 후퇴에 후퇴를 거듭하다가 번번이 지고 말았죠. 이렇게 불싸움에 지고 나면 우리 꼬맹이들은 일 년 동안 고난의 세월을 살아야 했어요. 마을 뒤쪽의 들판과 거기서 이어지는 산을 놀이터 삼을 수 있는 권한은 암묵적으로 대보름날 불싸움에서 이기는 쪽이 갖도록 되어 있었거든요. 그러니까 대보름 불싸움에서 지고 나면 우리는 놀이터를 잃어버리는 셈이었죠. 그렇다고 안 놀 수도 없는 일이라 몰래몰래 마을 뒤 들판과 산을 돌아다니다가 고아원 아이들에게 걸리면 얻어터지거나 뭘 뺏기고 오기 일쑤였어요. 이런 일이 일 년 동안 쌓이고 나면 다음 대보름엔 온 마을 아이들이 이를 부득부득 갈면서 불싸움에 나설 수밖에 없었어요.

내가 그 동네 살았던 마지막 해의 불싸움에선 악바리로 소문난 우리 동네 관식이 형이 막판에 자기가 신고 있던 검정 고무신에 불을 붙였죠. 그러자 동네 형들이 모두 고무신을 벗어 불을 붙였고 마침내 고아원 패거리들을 들판 위쪽으로 몰아냈어요. 드디어 일 년 동안은 마음 놓고 마을 뒤 들판과 산을 돌아다닐 수 있게 된 거죠. 관식이 형은 그 일로 우리 꼬맹이들에게 영웅이 되었어요.

28

모두 신발을 태워먹었다고 혼나고, 천연두라도 앓고 난 것처럼 한동안 얼굴 여기저기에 곰보 자국을 달고 다녔지만 그건 마땅히 치를 만한 대가였죠.

 (이마를 찌푸리며 잠시 생각하다가) 시골 동네 아이들 패거리가 수렵채취 시대라면 도시 아이들 패거리는 철기 시대예요. 촌놈 티를 못 벗은 내겐 철기 시대 패거리가 하는 짓거리들이 신기할 수밖에 없었죠. *(회상에 잠기듯 잠잠해진다.)*

#1 나의 철기 시대 : 회상 1

나의 철기 시대는 오학년 초여름 어느 일요일에 문득 시작되었다. 아침엔 멀쩡하던 날씨가 점심때 들어 갑자기 하늘이 어두컴컴해지더니 비가 퍼붓기 시작했다. 우르릉우르릉 천둥도 울고 번개가 번쩍번쩍 하늘을 가르고 지나갔다. 점심을 먹고 마루에 앉아 있는데 대문 밖에서 누군가 불렀다. 이름이 대위여서 동네 아이들이 늘 계급이 꽤 높다고 놀리는 아이였다. 대위는 키는 작지만 작은 눈이 매섭게 생겨서 차돌맹이같이 단단한 인상을 주었다.

"너 대못 모아놓았지?"

대위가 뜬금없이 물었다.

"대못은 왜?"

"지금 손칼 만들러 가자고."

"지금?"

"번개가 칠 때 손칼을 만들어야 돼. 그래야 손칼이 자석이 되거든."

"자석?"

"그래. 쇠를 붙이는 자석. 손칼 중에도 자석 손칼이 최고지. 그런 손칼은 번개가 칠 때 아니면 못 만들어."

대위가 무슨 하늘의 계시라도 받은 것처럼 거룩한 표정으로 말했다.

"그래?"

나는 번갯불이 가르고 지나가는 하늘을 힐끗 올려다보았다. 쇠로 된 대문 빗장을 만지는데도 괜히 전기가 찌릿찌릿 오는 것 같은데 하필이면 이런 날 손칼을 만들러 가자니. 하지만 거기서 겁먹은 것처럼 물러나면 앞으로 사람 취급받기가 어려운지라 애써 얼굴을 폈다.

"알았어. 대못 가지고 올게. 거기 기다려."

나는 자신 있게 말하고 마루 밑에 모아놓은 대못을 꺼내러 갔다.

고샅을 빠져나와 큰길로 나서자 서너 명의 동네 아이들이 빗속에서 기다리고 있었다. 모두들 장대비 속에 서 있었지만 비를 맞는 건 우리들에게 별 문제가 되지 않았다. 우선 고무신에, 양말은 신지 않았고 몸에 걸친 거라곤 까만 팬티에 러닝 한 장뿐이어서 비에 젖는다고 손해날 일도 없었다. 게다가 여름 소나기는 잠깐 쏟아지다 말고 해가 반짝 나기 때문에 금방 말랐다. 또 러닝 팬티가 마르는 동안엔 시원하기 때문에 더운 여름엔 꽤 해볼 만한 일이었다.

"얼른 가자, 천둥 번개 그치기 전에."

대위는 진짜 중대장이라도 되는 것처럼 앞장섰다. 우리는 큰길을 따라 고개를 넘어 들판 쪽으로 향했다. 들판에 이르자 모두들 슬슬 겁이 나는 모양이었다.

"뾰족한 쇠붙이를 가지고 다니면 벼락 맞기 쉽다더라. 이렇게 아무것도 없는 벌판에선 더 그렇대."

바로 옆에라도 떨어질 것처럼 벼락이 우르릉 쾅 지나가자 가겟집 문수가 좀 겁먹은 표정으로 중얼거렸다. 문수는 덩치는 큰데 허여멀건한 게 튀밥을 튀겨놓은 것처럼 물러 보이는 아이였다.

"에이, 겁은 많아가지구. 벼락 맞기가 그렇게 쉬운 줄 알아?"

대위가 문수에게 핀잔을 주었다.

"지는? 지도 속으로는 벌벌 떨고 있으면서……"

문수가 툴툴거렸다.

"내가 너처럼 겁쟁인 줄 알아?"

대위가 눈을 부라렸다. 대위의 눈은 바늘구멍 같아서 아무리 부라려도 문수가 실눈을 뜨는 것만큼도 안 되었다.

"그래, 그렇게 겁 안 나면 못을 세워서 머리 위에 올려봐."

문수도 지지 않았다.

"알았어. 대신 내가 올리면 너희들도 다 올리는 거야."

대위가 다짐을 놓으며 대못 한 주먹을 머리 위에 세워올렸다. 머리 위에다 피뢰침을 달아놓은 꼴이었다. 우리도 어쩔 수 없이 대못을 쥔 주먹을 머리 위에 올렸다. 못을 쥔 손이 괜히 저릿저릿한 게 공기중의 전기가 몽땅 못 끝으로 모여드는 것만 같았다. 못 밑의 정수리가 간질간질 찌릿찌릿했다. 틀림없이 벼락이 못에 떨어질 것만 같아 천둥 번개가 칠 때마다 가슴이 덜컥덜컥했다.

"그런데 문수 네 못은 새거다? 새 못에는 벼락이 더 잘 떨어질 텐데⋯⋯"

문수의 머리 위를 올려다보며 내가 중얼거렸다. 문수네 가게는 철물점도 겸하고 있어서 새 못을 집어온 모양이었다. 다른 아이들의 못은 길에서 주운 거라 모두 녹이 잔뜩 슬어 있었다. 겁이 많은 문수의 표정이 한순간 굳어졌다.

"야, 너 좀 떨어져서 와. 너 벼락 맞을 때 덩달아 죽고 싶지 않아."

한 녀석이 킬킬거리며 문수를 밀었다. 마침 우르릉 쾅, 어딘가에 벼락이 떨어졌다. 우리들은 누가 먼저랄 것도 없이 걸음아 나 살려라 하고 달리기 시작했다.

우리는 철둑길 밑에서 헐떡이며 숨을 골랐다. 번개가 치자 순간적으로 철도의 양쪽 레일을 따라 번쩍거리는 빛이 길게 스치고 지나갔다.

"철도 레일이 번개를 빨아들이나봐?"

한 녀석이 중얼거렸다.

"그래, 그래서 매년 한 명씩 죽잖아. 번개 칠 때 레일 위에 못을 놓다가."

대위가 슬슬 겁을 주기 시작했다. 문수도 죽었다는 아이들의 이름을 적당히 둘러대며 맞장구를 쳤다.

"에이, 공갈치지 마."

나는 웃었지만 속으론 은근히 겁이 났다. 평소 같으면 레일 위를 순간적으로 스치는 번갯불이 꽤 멋지게 보였을 것이다. 그런데 그 순간에는 그게 꼭 지옥의 풍경처럼 보였다.

"네가 처음이니까 제일 먼저 해."

대위가 내 등을 떠밀었다. 시커먼 하늘을 가르며 번갯불이 지나갔다. 레일 위로도 방전 때문인지, 번갯불이 비치는 건지 기다란 빛의 칼이 예리한 날을 번득이며 지나갔다.

"번개가 치고 나서 서른 셀 때까지는 다시 치지 않을 거야. 그 사이에 레일 위에 못을 띄엄띄엄 놓고 끝에 작은 돌을 하나 얹어."

문수가 훈수를 두었다. 돌을 얹는 버릇은 학교 선생님들의 훈화가 있은 뒤부터 생긴 것이었다. 그 동네 아이들이 철길 위에 못을 얹어놓곤 하는 게 어떻게 선생님들 귀에까지 들어갔는지, 어느 날 아침 엄청 뻥을 튀긴 훈화가 모든 선생님들의 입에서 흘러나왔다. 레일 위에 못이나 돌 같은 걸 놓으면 기차가 탈선할 수도 있다는 것이었다. 그 훈화가 있은 뒤 동네 아이들은 정말 기차가 탈선하는지 실험해본다고 작은 돌들을 레일 위에 잔뜩 늘어놓았던 모양이었다. 물론 기차는 탈선할 기미를 전혀 보이지 않았다. 그뒤부터 지나다닐 때마다 동네 아이들은 버릇처럼 레일 위에 돌을 하나씩 얹어놓곤 했다.

 가까운 어디에 벼락이 떨어지는지 불덩어리가 내리꽂히고 우르릉 쾅 하는 소리가 땅을 흔들었다.

 "자, 가!"

 대위가 소리쳤다. 하지만 나는 움직이지 않았다.

 "에이, 왜 그래? 조금 있으면 기차 올 거란 말이야."

 아이들이 모두 나를 올려다보았다.

 "벼락은 말고 번개 치고 나면……"

 나는 중얼거렸다.

 조금 있자 하늘 한구석으로 번개가 지나갔다. 나는 이때다 싶어 레일 쪽으로 후닥닥 뛰어나갔다. 띄엄띄엄 레일 위에 대못을 놓는데 손이 떨려 몇 개는 떨어졌다. 나는 다시 주울 엄두도 못 내고 끝에 돌을 하나 얹었다. 빛의 칼이 그 예리한 칼날로 당장 내 손목을 댕강 잘라버릴 것만 같았다. 나는 구르듯이 철길 아래로 내려왔다. 다시 어딘가에 벼락이 내리꽂혔다. 우르르릉 하는 소리가 땅을 울렸다.

 "조금만 늦었으면 큰일 날 뻔했다."

 문수가 혀를 내둘렀다.

 번개가 다시 하늘을 갈랐다. 그런데 아이들은 전혀 움직일 기미를 보이지 않았다.

 "그런데 너희들은 왜 안 해?"

나는 좀 미심쩍게 대위를 돌아보았다.

"이렇게 천둥 번개 칠 때 대못을 얹는 바보가 어딨냐? 벼락 맞아 죽으려고 환장했냐?"

대위가 이죽거리며 낄낄거렸다. 다른 아이들도 일제히 맞장구를 치며 고소해 죽겠다는 듯 웃어댔다.

"에이 씨."

나는 아이들에게 달려들어 머리를 한 대씩 쥐어박았다.

'빽―' 요란한 기적 소리와 함께 기차의 불빛이 나타났다. 우리는 철길 아래 엎드려 레일 위에 놓인 못들을 뚫어져라 쳐다보았다. 하지만 기차가 요란한 소리와 함께 씩씩 김을 뿜으며 지나갔기 때문에 막상 못이 어떻게 되었는지는 볼 수가 없었다.

기차가 소나기도 끌고 가버렸는지 천둥 소리가 훨씬 멀어지고 하늘 한구석이 환해지기 시작했다. 우리는 철길로 올라가서 대못을 찾기 시작했다. 겨우 세 개를 발견했을 뿐이었다. 대부분 기차 바퀴에 딸려가기 때문에 열 개쯤 얹어놓으면 한두 개도 건지기 힘들었다.

"에이 헛방이잖아."

투덜거리는데 문수가 여기 있다, 하고 소리쳤다.

"와, 잘 갈렸어!"

문수가 납작해진 대못 하나를 들어 보였다. 나는 얼른 문수의 손에서 대못을 낚아챘다.

날씨가 또 거짓말처럼 맑아져 햇빛이 쨍 났다. 소나기가 지나가서 그런지 공기가 상쾌했다. 철로 위에선 쨍쨍한 햇빛에 빗물이 마르느라 아지랑이가 가득 피어올랐다. 흔들리는 아지랑이 사이로 보이는 풍경은 제법 그럴듯했다. 한창 푸르러진 나무들도, 억세게 자란 벼들도, 그 사이에 우뚝우뚝 서 있는 황새들도 아지랑이에 흔들려 조금은 환상처럼 보인다. 그럴 땐 철도 레일도 말랑말랑해져 금속성을 잃어버리는 것 같다. 우리는 철로를 따라 냇물을 향해 걸었다.

"그 철다리, 귀신 붙었대드라."

"그럴 만도 하지. 매년 거기서 두세 명은 죽잖아."

"저번에 철다리 건너다 죽을 뻔한 사람이 그러는데 뭐가 못 움직이게 발을 붙들더래. 침목 사이로 발을 잡아당기기도 하고."

철다리가 가까워지자 대위 패거리들이 나를 할금할금 보며 숙덕거렸다. 겁을 주자는 수작이 분명했다. 아니나 다를까 철다리에 이르자 대위가 제안을 했다.

"우리 오늘 이 철다리 건너보자."

"왜? 이쪽이 헤엄치기 더 좋잖아? 너희들 또 나 시험해보려고 그러는 거지?"

내가 대위를 돌아보며 웃었다.

"철다리 건너는 게 무슨 시험이냐? 철다리야 사람들이 맨날 건너다니는데."

문수가 끼어들었다. 아닌 게 아니라 사람들이 여럿 철다리를 오가고 있었다.

"우리가 하는 시합은 기차가 얼마나 가까이 왔을 때 피하느냐야. 최고기록은 물론 나지. 기차하고 거리가 이십 미터도 안 됐을 걸? 피하는 건 저기 조그만 쇠난간 보이지? 그리로 피하면 돼. 기차가 오면 피하라고 만들어놓은 거거든. 그런데 철다리 가운데는 난간이 없어. 거기서 기차를 만나면 물로 뛰어내려야 해. 물이 깊어서 뛰어내려도 안 다쳐. 일부러 저기서 다이빙하는 사람들도 있는데 뭐."

대위가 자신 있냐는 듯 슬쩍 나를 건너다보았다. 나는 철다리 가운데 여울을 보았다. 물이 정말 깊어 보였다. 하지만 넓지는 않아서 머리를 물속에 처박고 하는 속헤엄으로도 나올 수 있을 것 같았다.

"냇물이 넓지도 않은데 저기서 빠져 죽으면 바보지."

다른 녀석이 한마디 보탰다. 이건 아예 철다리 가운데서 기차를 기다렸다가 뛰어내리라는 말이나 마찬가지였다.

"그만 해. 기차가 그렇게 자주 오는 것도 아닌데 얼른 건너면 되지 뭐."

나는 고무신을 양손에 벗어들고 철다리를 건너기 시작했다. 비가 온 뒤라 침목에 발라놓은 폐유가 뜨겁지도 끈적거리지도 않아 맨발로 걷기 좋았다. 나는 기차가 오기 전에 건너려고 속도를 빨리했다. 그런데 가운데로 갈수록 침목 사이로 아래가 까마득하게 보여 겁이 났다. 발이 빠지지 않도록 신경을 온통 아래로만 쏟아

다른 것을 돌아볼 여지가 없었다. 속도가 자꾸 늦어졌다.

내려다보이는 물이 점점 깊어지더니 시퍼레졌다. 그때 앞쪽에서 빽— 하는 기적 소리가 크게 들렸다. 기차가 어느새 다리로부터 그리 멀지 않은 곳까지 와 있었다. 발이 빠질까봐 신경쓰느라 기차가 오는 것도 몰랐던 모양이었다. 건너편 쇠난간까지 간다는 건 불가능했다. 나는 얼른 뒤를 돌아보았다. 뒤쪽의 쇠난간도 거리가 너무 멀었다. 대위 패거리들은 벌써 쇠난간으로 피해 있었다.

"저이 나쁜 자식들!"

저절로 욕이 나왔다. 기차는 이제 다리로 접어들고 있었다. 거리가 백 미터도 채 안 되었다. 나는 하는 수 없이 물에 뛰어들려고 철로가로 나오는데 다리가 떨려 빨리 움직일 수가 없었다. 시커멓게 연기를 내뿜는 기차가 씩씩거리며 거대한 괴물처럼 다가오는 게 얼핏 보였다. 나는 다리 아래로 펄쩍 뛰어내렸다.

갑자기 시간이 멈춘 것처럼 느껴졌다. 모든 게 천천히 움직이는 것만 같았다. 기차의 굉음과 바람 소리와 물로 떨어지는 요란한 소리, 온몸을 감싸는 물의 차가운 감촉, 물을 통해 전해오는 소리들이 슬로비디오처럼 천천히 지나갔다. 그리고 발이 바닥에 닿았다. 나는 정신이 번쩍 들었다.

'물에 빠졌을 때는 물밑 바닥에 발이 닿게 해. 그럼 여기까지구나 하는 생각이 들면서 겁이 없어져. 그때 바닥을 차고 물 위로 솟아오르면 적어도 물에 빠져 죽진 않아.'

누군가에게 들었던 말이 순간적으로 머리를 스치고 지나갔다.

나는 발로 세게 바닥을 찼다. 몸이 쑥 올라가는 느낌이 들면서 머리가 물 위로 솟았다. 나는 숨을 크게 들이쉬고는 필사적으로 손발을 휘둘러댔다. 어느새 물가로 나와 있었다. 나는 숨을 몰아쉬며 자갈밭에 누웠다. 어지럼증이 일어 잠시 눈을 감고 있었다. 얼굴에 닿는 햇볕이 새삼스럽게 느껴졌다. 눈을 떴다. 새파란 하늘이 까마득히 펼쳐져 있었다. 높은 빌딩 위에서 땅을 내려다볼 때처럼 어딘가가 간지럽기 시작하더니 간지러움이 온몸과 마음으로 번져갔다.

대위 패거리들이 슬금슬금 다가오는 소리가 들렸다.

"에이 나쁜 자식들!"

나는 벌떡 일어나 대위 패거리들을 향해 작은 돌들을 주워 던졌다.

"어, 미안해."

"기차가 올 줄 몰랐어."

"미안해."

대위 패거리들은 우물쭈물 저마다 한마디씩 했다.

"그런데 너 신발 어쨌냐?"

문수가 문득 내 주위를 두리번거리며 물었다. 나는 가슴이 덜컥했다. 손에 쥐고 있던 신발이 없었다.

"저기 떠내려간다."

한 녀석이 철다리 아래를 가리켰다. 철다리 아래 여울 위로 신발 두 짝이 앞서거니 뒤서거니 정답게 떠내려가고 있었다.

"걱정 마. 저 아래 얕은 곳에서 잡으면 돼."

대위 패거리들이 냇물의 아래쪽을 향해 달리기 시작했다.

대위 패거리들은 얼마 지나지 않아 신발 두 짝을 들고 나타났다. 그것으로 화해가 된 셈이었다.

"그런데 너 헤엄 잘 치더라. 철다리에서 뛰어내린 사람 중에는 물에 빠져 죽은 사람도 있어. 저기가 여울이라서 깊거든. 저 여울에서 나올 정도면 수영 실력이 꽤 좋은 건데?"

대위 녀석이 밉살맞은 소리를 했다.

"무슨 소리야? 나 속헤엄밖에 못 치는데?"

나는 또 놀린다 싶어 대위를 째려보았다.

"속헤엄? 물 밖에 머리 내밀고 잘만 헤엄치던데 뭘. 너희들도 봤지?"

대위가 다른 아이들을 둘러보았다. 아이들은 모두 고개를 끄덕거렸다.

"못 믿겠으면 다시 헤엄쳐보면 알 거 아냐? 아이구, 더위 죽겠다."

문수가 러닝과 팬티를 벗어던지고 물로 뛰어들었다. 나도 러닝과 팬티를 바위 위에 널어놓고 물속으로 뛰어들었다. 그런데 정말 머리를 내놓고 헤엄을 칠 수 있었다. 머리를 내놓지 못해 속헤엄만 친 지가 이 년도 넘었는데 수영을 참 엉뚱하게 배운 셈이었다.

말은 때로 모욕을 위해 쓰인다

미스터 하필 *(짤막한 웃음)* 어른들이 그날 너희들이 한 짓을 들으면 참 황당하다고 생각했겠다. 벼락 치는 벌판에서 못을 피뢰침처럼 정수리에 올려놓고 다니질 않나, 기차가 달려오는 철다리 위에서 아슬아슬하게 시퍼런 물로 뛰어내리질 않나. 특히 너희 어머니가 그 이야기를 들었다면 사지가 벌벌 떨렸을 거야.

나 *(헤헤 웃으며)* 맞아요. 하지만 나는 그날 밤 내내 끙끙 앓으면서도 입도 뻥긋하지 않았어요. 어른들은 절대 이해할 수 없을 테니까요.

미스터 하필 왜 어른들은 이해를 못 할 거라고 생각하니?

나 *(좀 단호하게)* 아이들 말하고 어른들의 말은 다르거든요.

미스터 하필 재미난 생각이로구나. 아이들 말하고 어른들 말이 어떻게 다른데?

나 *(이마를 찌푸리며)* 그건…… 아이들은 다 알고 있는 건데 설명하긴 힘들어요.

미스터 하필 그래도 한번 얘기해봐라. 나라고 어린 시절이 없었던 건 아니니까 조금은 알아들을 수 있을 거야.

나 음…… 예를 들면…… 어떤 애가 나한테 '냇가에 먹 감으러 가자'라고 하면 내 머릿속엔 벌써 그 아이가 가리키는 냇물과 거기서 놀고 있는 그애와 나의 모습이 떠올라요. 그러면 그렇게 놀 때처럼 가슴이 막 뛰죠. 그러니까 말을 듣는 순간 나는 이미 그 냇물에 가서 멱 감으며 놀고 있는 거나 마찬가지예요. 그래서 무슨 일이 있어도 그 냇물에 멱 감으러 안 갈 수가 없게 돼요. 아이들 말은 마술 같은 힘이 있어요.

그리고 또 아이들 말은 *(적당한 말을 찾으려 애쓰는 듯 이마를 찌푸린다)* ……사라지고 싶어해요. 철다리에서 뛰어내릴 때 있잖아요. 그렇게 뛰어내릴 땐 시간이 엿가락처럼 늘어져 천천히 흘러요. 그리고 기차 소리, 눈부신 햇빛, 물의 차가운 감촉, 피부로도 느껴지는 물속의 이상한 소리들이 보통때보다 몇십 배 더 생생해져요. 그건 아주 짧은 순간이지만 어떤 눈부신…… *(적당한 말을 찾으려 애쓰다가)* 다른 공간으로 들어가는 거예요. 그 공간에선 말이 사라져요. 그 공간은 말이 없는 공간이에요. 거기 한번 들어갔다 오면 자꾸 들어가고 싶어져요. 자꾸 말이 사라지게 하고 싶어져요.

그리고 또 아이들 말은 속이지 않아요. 냇물은 그 냇물이고 멱 감는 건 그애와 내가 멱 감는 거니까 속이고 자시고가 없어요.

미스터 하필 오늘 너한테 아주 많이 배운다. 넌 아주 말을 잘하는구나. 아무래도 넌 실어증은 아닌 것 같다. 그냥 다른 사람하고 의사소통하는 데 장애가 있을 뿐이지. 어쨌든 이름이야 상관이 없지. 그런데 어른들의 말은 속이니?

나 *(단호하게)* 예, 속여요. *(안 좋은 일을 떠올리는 듯 침울한 표정.)*

#2 오쩜일륙 혁명 : 회상 2

내가 중학교 들어갈 때는 중학교도 입학 시험을 봐서 들어갔다. 그렇기 때문에 초등학교부터 성적을 무척 중요시했다. 나는 시골 학교에서도 중간에 못 미치는 성적이었으므로 당연히 밑바닥을 길 것으로 예상하고 있었다. 키가 큰 편이 아닌데 자리가 맨 뒤인 것으로 보아 그런 예상이 틀리지 않았음을 충분히 짐작할 수 있었다. 앞에 앉는 아이들은 대개 공부 잘하는 아이들이었고 맨 뒷자리의 내 짝꿍은 고아원 아이였다.

그렇다고 내가 그런 자리 배치에 불만을 가졌던 건 아니다. 거꾸로 무척 다행스럽고 흡족하게 여기고 있었다. 대부분의 다른 아이들처럼 학교에서의 내 유일한 목표는 선생님의 눈에 안 띄고 있는 듯 없는 듯 무사히 지내는 거였다. 그 자리는 그런 내 목표에 안성맞춤이었다. 그래서 한 학기는 그럭저럭 무사히 지나갔다.

그런데 가을에 접어들면서 불행히도 나는 난공불락의 요새인 맨 뒷자리를 떠나게 되었다. 갑자기 늦게 머리가 틔었는지, 시험을 보았는데 반에서 구등을 한 것이다. 성적이 올랐다고 중간 정도로 자리를 옮기게 되었다. 담임이 성적을 불러준 날, 내 짝꿍인 고아가 물었다.

"너도 담임한테 과외받냐?"

그애의 이름은 호진이었다. 나는 비약적으로 오른 성적에 조금 우쭐해 있던 터라 그 말이 좀 기분 나쁘게 들렸다.

"아니, 우리 집엔 형제가 많아. 학교 보내기도 힘든데 무슨 과외야?"

나는 좀 시큰둥하게 대답했다.

"그럼 좀 곤란할 건데……"

호진이는 알 듯 말 듯한 소리를 했다. 호진이는 우리들보다 키
도 좀 컸고 나이도 많아 보였다. 그늘이 진 그 아이의 얼굴은 우리
로서는 알 수 없는 것들을 많이 알고 있을 것 같아 반쯤은 어른으
로 보였다.

호진이의 말이 무슨 뜻인지 아는 데는 그렇게 오랜 시간이 필요
하지 않았다. 늦가을로 접어들면서 날씨가 추워지기 시작했다. 학
교는 늦가을이나 이른 봄이 가장 춥다. 아주 추우면 난로도 피우
고 옷도 단단히 입는데 늦가을이나 이른 봄엔 그럴 수가 없는 것
이다. 특히 하루 종일 옹송그리고 있다가 얼음처럼 차가운 점심
도시락을 먹는 건 참 고역이었다. 그러던 차에 어느 날 사교시가
끝나자 담임선생님이 파격적인 제안을 했다.

"십등 안에 드는 사람은 도시락 가지고 온실로 와라."

학교에서 늦가을과 이른 봄에 따뜻한 곳은 온실뿐이었다. 햇빛
도 잘 들 뿐만 아니라 난로를 피워서 그 안은 초여름 날씨처럼 훈
훈했다. 거기서 난로에 도시락을 구워 먹으면 천국이나 다름없을
것이었다. 담임선생이 온실 담당이 아니면 누릴 수 없는 호사였
다. 몇몇 아이들이 시시덕거리며 도시락을 꺼내들고 담임을 따라
나섰다. 남은 아이들이 투덜거리는 소리가 여기저기서 들렸다.

하지만 '십등 안에 드는 아이들은 온실로 오라'는 말이 나에게
는 결코 축복의 메시지가 아니었다. 그곳에 가는 아이들은 우선
옷매무새가 달랐다. 나는 대개 형들이 중고등학교 때 입던 낡은
교복을 줄여 입고 다녔기 때문에, 늘 검은색이나 회색 옷에 스타
일은 엉성하기 그지없었다. 온실에 가는 아이들은 모두 새로 산
밝은 빛깔의 옷을 입고 있어서 꼭 공작새들 사이에 까마귀 한 마
리가 끼어드는 꼴이었다. 또 도시락 반찬은 어떤가. 그 아이들의
도시락은 김치나 장아찌를 겨우 싸가지고 다니는 내 도시락과는
차원이 달랐다. 게다가 담임선생은 늘 목이나 손목, 손톱에 때가
끼었나 안 끼었나 눈 밝은 매처럼 살피다가 매가 먹이를 채듯 득
달같이 달려들어 혼구녕을 내곤 했다. 대부분의 아이들처럼 늘 늦
게까지 밖에서 놀다가 들어와 그대로 잠이 들고 아침이면 지각할
까봐 허둥지둥 집을 나서는 내 몸 어딘가엔 때가 늘 끼어 있기 마
련이었다. 온실에 가는 다른 아이들은 엄마들이 집에서 늘 씻기는
지 깨끗했다. 거기 가서 바늘방석에 앉으니 교실에서 꽁꽁 언 도
시락을 까먹는 게 백번 나았다.

"넌 십등 안에 들었는데 왜 온실에 안 가?"

"너 담임이 오라는데 왜 안 가? 우리 담임 얼마나 무서운지 몰
라서 그래?"

가야 하나 말아야 하나 망설이는 내 등을 아이들이 떠밀어댔다.
나는 무거운 발걸음으로 뒤늦게 교실을 나섰다.

"너 온실에 가는 거야?"

고개를 푹 숙이고 한걱정하며 복도를 걷는데 누군가 팔을 툭 쳤다. 호진이였다. 급식실에서 옥수수빵을 받아가지고 오는 길이었다. 점심 도시락을 못 가져오는 아이들에게 옥수수빵을 나누어줬는데 호진이는 고아여서 빵 타먹는 대상 일 번이었다. 호진이의 눈은 '너 거기 뭐 하러 가?'라고 말하고 있었다.

"담임이 오라는데 안 갈 수 없잖아."

나는 울상을 지어 보였다. 호진이는 무슨 말인가를 할 듯 말 듯 하다가 나를 지나쳐갔다.

온실 문을 열자 알싸한 흙냄새와 거름 냄새가 습기와 함께 훅— 끼쳐왔다. 그때로서는 이름조차 알 수 없는 난대성 식물이 자라는 화분들과 분재들이 층층이 가지런하게 놓인 가운데쯤에 커다란 난로가 있었다. 담임과 아이들은 그 난로 위에 차곡차곡 도시락을 쌓아놓고 다정하게 이야기를 나누고 있었다. 뭐가 그렇게 우스운지 간간이 까르르 웃음소리가 들렸다. 우리 담임은 남자 선생님들 중에서도 무서운 선생님으로 악명이 높았는데 여기서는 교실에서의 분위기와 사뭇 달랐다. 게다가 온실 천장의 유리에 맺힌 물방울과 화분에서 피어오르는 아지랑이 때문에 햇빛이 우윳빛으로 번지고 있어 무슨 환상을 보는 것만 같았다. 나는 쭈뼛거리며 난로 쪽으로 다가갔다.

"길원이냐? 어서 와라."

담임이 난로의 재를 꺼내다가 다른 아이 이름을 부르며 내 쪽을 보았다. 순간 작은 눈에 의혹의 빛이 얼핏 스쳐 지나갔다. 네가 여기 웬일이냐는 표정이었다. 아이들의 웃음소리도 뚝 그쳤다.

"으응, 참 너도 십등 안에 들었었지."

담임이 한참 머릿속을 뒤져 겨우 기억해냈다는 듯 중얼거렸다.

"마침 잘 왔다. 이 조루에 물 좀 떠오너라. 이 줄에 있는 화분들에 물을 줘야 하거든."

담임이 난로 옆에 놓여 있던 조루를 건네주었다. 높이가 허리만큼 올라오는 엄청나게 큰 조루였다. 나는 도시락을 화분 옆에 놓아두고 물을 뜨러 갔다. 조루가 커서 겨우겨우 들고 오느라 물을 많이 흘렸다. 신발과 양말, 바지 밑이 흘린 물에 흠뻑 젖었다. 나는 화분과 분재들에 물을 주었다. 담임과 아이들은 잘 구워진 도시락을 막 까먹고 있는 중이었다. 아이들 숫자도 불어 열 명은 넘는 것 같았다. 반찬 냄새가 진동을 해 배에서 자꾸 꼬르륵 소리가 났다. 물을 다 주고 이제 나도 도시락을 구울 수 있으려니 하고 있는데 담임이 또 물을 떠오라고 했다. 이번에는 아래서 두번째 줄에 물을 주라는 것이었다. 두번째 줄에 물을 주고 났을 땐 담임과 아이들은 도시락을 다 먹은 뒤였다. 이제는 난로를 쬘 수 있으려니 했더니 또 물을 떠오라고 했다. 반대쪽 줄에 물을 주라는 것이었다. 세번째로 물을 떠왔을 땐 온실에 아무도 없었다. 나는 바지를 말리려고 난로에 바짝 붙어섰다. 점심시간이 끝나간다는 예비종이 울렸다. 난 할 수 없이 찬 도시락을 들고 교실로 돌아왔다.

"거길 뭐 하러 가나?"

호진이가 바짓자락에 온통 물텀벙을 해서 들어오는 나를 보고 이마를 잔뜩 찌푸렸다.

"담임이 오라는데 안 갈 수도 없잖아?"

나는 호진이 옆자리에 털썩 주저앉았다.

"촌놈은 할 수 없어. 그럼 담임이 까놓고 나한테 과외받는 애들은 온실로 와라, 그러냐? 눈치껏 알아들어야지."

나는 갑자기 머릿속이 환해지는 느낌이었다. 나는 온실에서 돌아오는 내내 왜 담임이 나한테만 물을 떠오라고 시켰는지 도저히 알 수 없어 고개를 갸우뚱거렸던 터였다. 그리고 이어서 심한 배반감이 가슴을 채웠다. 그때까지 살아오면서 말이 그렇게 노골적으로 나를 배반한 적은 없었다. 사실 또래 친구들의 상대적으로 평등한 질서에 익숙한 나에게 '십등 안에 드는 아이는 온실로 와라'라는 말 자체도 마뜩지 않았다. 뭔가 좀 부당한 권력관계를 강요받는 느낌이라고나 할까? 그런데다가 그 빌어먹을 '십등 안에 드는 아이'가 엉뚱하게도 '담임에게 과외받는 아이'를 가리키고 있었다니?

"그런데 참 씨팔, 너무하는구만."

호진이가 중얼거리며 가슴께에서 옥수수빵 봉지를 꺼내 건네주었다. 아직 따뜻한 기운이 남아 있었다. 호진이는 나중에 먹으려는 건지 아니면 고아원 동생들에게 주려는 건지 옥수수빵을 먹지 않고 늘 그렇게 가져갔다. 그런데 내가 물텀벙이 되어 덜덜 떨고 있으니까 꺼내준 거였다. 아무래도 차가운 도시락을 먹다가는 체할 것처럼 보였던 모양이었다. 나는 대신 차가운 도시락을 호진이에게 건넸다.

나는 머릿속이 복잡했다. 유독 담임의 귀여움을 독차지하는 아이들이 몇몇으로 정해져 있고, 그 아이들은 반 전체가 기합을 받거나 얻어맞을 때에도 이런저런 이유로 예외가 되는 경우가 많았다. 그래서 좀 심하다고 생각하긴 했지만 그 아이들이 여러 가지 점에서 잘하니까 그러려니 생각했었다. 그런데 그 아이들이 담임에게 과외를 받는 아이들이라니? 그건 공평하지도 정당하지도 않아 보였다.

하지만 그건 부정적인 느낌에 불과할 뿐 내가 담임이나 과외받는 아이들이 나쁘다고 결정적으로 못을 박은 건 아니었다. 나는 아직 어린아이 티를 못 벗어난 터여서 결정적인 것들은 부모님의 판단에 의존하는 경향이 있었다. 학교선생님에 대한 부모님의 공식적인 판단은 뻔한 게 아닌가. 선생님은 무조건 옳다. 선생님 말씀 잘 듣고 공부 열심히 해라. 나는 부모님의 이 공식적인 판단과 그와는 반대되는 나의 부정적인 느낌 사이에서 매우 혼란스러웠다. 아마도 혼란스러운 채로 판단을 미루어놓고 있었다는 표현이 맞을 것이다. 그런 나에 비해 호진이는 단호하게 자기 느낌대로 판단을 내리고 있었다. 그게 호진이가 어른스럽게 보이는 이유였는지도 몰랐다.

온실 사건이 있은 후 나와 담임 사이에는 묘한 긴장관계가 만들어졌다. 아니, 나와 담임 사이에 그랬다기보다는 내가 일방적으로 그렇게 느꼈다는 게 정확한 표현일 것이다. 아이들 사이에 떠도는 담임에 대한 소문은 점점 더 흉흉해졌다. 담임이 과외를 받는 아이들에게 시험 문제를 슬쩍슬쩍 가르쳐주기도 한다는 것이었다. 그래서 과외받는 아이들이 반에서 십몇 등까지 다 차지하고 있다는 것이었다. 이 소문 때문에 나는 성적을 발표할 때마다 바늘방석에 앉는 기분이었다. 십등 안에 드는 아이들 중에 담임에게 과외를 받지 않는 아이는 나 하나뿐이었다. 끼지 말아야 할 데 긴 듯한 불편함 때문에 나는 담임의 눈에 띄지 않으려 무척 신경을 써야 했다. 자리도 담임 몰래 맨 뒤 호진이 옆으로 옮겨 고개를 푹숙이고 지냈다. 그래서 있는지 없는지 모르는 아이가 되어가는 데 성공하는 듯싶었다.

그러던 어느 날 사회시간이었다. 담임은 평소에는 늘 앞에 앉는 아이들에게 돌려가며 책을 읽혔었다. 그런데 그날은 무슨 마음을 먹었는지 그날 날짜 끝자릿수가 번호에 들어 있는 아이들에게 책을 읽혔다. 그날은 27일이어서 번호 끝자리가 7자인 아이들이 읽어야 했고, 그중에는 나도 끼어 있었다. 나는 가슴이 덜컥했다. 몰래 자리를 바꾼 것이 들통나면 담임이 어떻게 나올까 걱정이 되었고, 내 차례가 다가올수록 더욱 긴장해서 책을 잘못 읽게 될까봐 두려웠다. 드디어 내 차례가 되었다. 나는 잔뜩 긴장해서 좀 더듬거리며 책을 읽기 시작했다. 아마도 현대사회를 다루는 부분이었을 것이다. 내가 읽은 부분은 박정희 소장이 주동한 군사 쿠데타 5·16을 다룬 부분이었다. 물론 그때는 박정희 정권 때니까, 잘 기

50

억은 안 나지만 5·16은 구국의 군사혁명으로 잔뜩 미화되어 있었을 것이다. 그런데 나는 너무 긴장한 나머지 중요한 대목에서 실수를 하고 말았다. 5·16을 '오일륙'으로 읽지 않고 '오쩜일륙'으로 읽은 것이다. 교실은 졸지에 웃음바다가 되어버렸다.

"너 장난치냐? 다시 읽어봐."

담임선생의 눈초리가 치켜올라갔다. 그럴수록 나는 더 긴장했다.

"……오쩜일륙 군사혁명이……"

이번에는 절반쯤의 아이들만 웃었다. 나머지 아이들은 잔뜩 긴장한 표정으로 나를 돌아보았다.

"그만. 오.일.륙. 군.사.혁.명. 다시 읽어!"

담임선생의 얼굴이 붉어져 있었다. 나는 이번엔 꼭 '오일륙'으로 읽어야지 다짐을 했다.

"……오쩜일륙 군사혁명이……"

너무 긴장했는지 아니면 혀가 무슨 마법에라도 걸렸는지 다시 오쩜일륙 군사혁명이 되어버렸다. 이번에는 아무도 웃지 않았다. 폭풍전야 같은 고요가 교실을 가득 메웠다.

"그만. 다시."

담임의 목소리는 차분하게 가라앉아 있었지만 이를 부득부득 가는 것처럼 들렸다.

'이번에는 정말 오쩜일륙이 아니라 오일륙으로 읽어야 하는데……'

등에서 식은땀이 흘렀다.

"……오쩜일류 군사혁명이……"

하지만 혀가 아예 그렇게 굳어버렸는지 야속하게도 또 오쩜일류이 되고 말았다.

"너 반항하는 거냐? 나와."

담임선생의 목소리는 가라앉을 대로 가라앉아 있었다. 그건 다이너마이트의 도화선이 거의 다 타들어가 터지기 일보 직전이라는 뜻이었다. 나는 벌벌 떨면서 앞으로 나갔다. 교단 앞에 제대로 서기도 전에 담임의 손이 뺨을 후려치기 시작했다. 나는 쓰러질 듯 비틀거리며 뒤로 물러났다. 교실 벽이 등에 닿았다. 담임은 도무지 멈출 생각을 하지 않았다. 아픈 느낌은 점차 사라지고 그냥 얼얼하고 정신이 없었다. 얼마를 그렇게 얻어맞고 있었는지 모르겠다.

"그만 하세요!"

누군가 외치는 소리가 들렸다.

"뭐? 어떤 놈이야?"

담임선생이 소리나는 쪽으로 돌아섰다. 교실 뒤편에 호진이가 일어서 있는 게 보였다. 담임선생이 슬리퍼 끄는 소리를 내며 호진이를 향해 달려갔다. 담임의 손바닥이 큰 반원을 그리며 호진이의 뺨을 향해 날아갔다.

미스터 하필 (좀 우울한 느낌이 드는 말투로) 어른들의 말은 속이는 말이라는 네 생각도 근거가 없는 건 아니구나. 그럼 그때부터

네 말수가 적어진 거냐?

　나 반은 맞고 반은 틀려요.

　미스터 하필 그게 무슨 소리야?

　나 동네 아이들과는 재잘거리며 잘 놀았는데 학교에서는 거의 말을 하지 않았어요.

　미스터 하필 그럴 수도 있겠구나. 그럼 학교 공부도 소홀히 했겠다?

　나 그렇진 않아요. 그땐 묘한 허기 같은 게 있었어요. 지식에 대한 허기요.

　미스터 하필 (호기심을 느끼는 듯) 지식에 대한 허기?

　나 중학교에 들어와 얻은 별명 중에 '국가 일급비밀'이란 것이 있어요. 언뜻 들으면 뭔가 거창하고 좋은 별명인 것 같은데 사실은 정반대예요. 키가 작은데다 얼굴이 좀 노랗고, 뼈만 앙상할 정도로 말라 있어서 얻은 별명이거든요. 아이들이 그런 나를 보고 우스갯소리로 '너는 절대 남파 간첩에게 노출되면 안 된다'고 했어요. 왜냐하면 내 사진을 찍어다 남한 인민들은 이렇게 굶주려서 뼈만 앙상하다고 선전해먹을 게 뻔하기 때문이라는 거였죠. 그래서 붙은 별명이 '국가 일급비밀'이었어요. 식구들 말에 의하면 (얼굴을 잔뜩 찌푸린다) 어머니가 나를 가졌을 때 나를 떼려고 키니네를 먹었는데 기절을 할 만큼 많이 먹어서 그렇대요.

　몸에 비해서 머리는 그 키니네의 영향에서 훨씬 빨리 벗어났던 모양이에요. 초등학교 사학년까지는 학교에서 배우는 내용도 이해가 잘 안 되었고, 학교란 게 뭔지도 잘 이해를 못 했던 것 같아요. 그런데 오학년이 되면서 갑자기 짙은 안개가 걷힌 것처럼 머리가 환해졌거든요. 별 노력을 하는 것도 아닌데 갑자기 책의 글자들이 머릿속에 새겨지는 것처럼 들어왔고 금방 이해가 되었어요. 나는 그런 느낌들이 무척 신기하기도 해서 이것저것 가리지 않고 지식을 삼켜대기 시작했어요. 지식에 대한 심한 허기에 사로잡혀 있었죠. 마치 머릿속에 커다란 진공이 생겨서 글자들을 맹렬하게 빨아들이는 느낌이었어요. 잘 믿기지 않겠지만 그 허기가 얼마나 심했는가 하면 초등학교 앞의 온갖 유혹적인 불량식품들 사이에서도 전과책이 가장 달콤해 보일 지경이었어요. *(회상에 잠겨 침묵한다.)*

#3 나의 불량식품 전과책 : 회상 3

나는 감히 새 전과책을 탐낼 형편은 못 되니, 불량식품 가게들 사이 헌책방에 진열된 전과를 찜해두고 등하교 때마다 눈길을 주기도 하고, 사지도 않을 거면서 괜히 값을 물어보곤 했다. 그런데 보면 볼수록 다닥다닥 열린 바나나송이처럼 달콤해 보여서 어떻게 하든 손에 넣고 싶은 충동을 참을 수 없었다. 그렇다고 책을 훔칠 용기는 나지 않고 하는 수 없이 방 안에 아무도 없을 때 둘째 형의 바짓주머니를 뒤졌다. 이상하게 평소에 비해 상당히 많은 돈이 들어 있었다. 나는 헌책값만 훔칠까 하다가 새 책을 살 수 있을 정도의 돈을 훔쳐 헌책방으로 달려갔다. 그 정도의 돈을 빼내는 거야 모르고 넘어갈 수도 있겠지 싶었다. 책값 이외의 돈으로는 이것저것 군것질을 했다. 무슨 돈으로 샀냐고 닦달할까봐 전과를 장롱 밑에 숨겨뒀는데 둘째 형의 수사망이 나를 향해 서서히 좁혀 져왔다. 쩨쩨하게 돈을 일일이 세어놓고 있었던 모양이었다. 마침 내 돈을 훔친 게 들통이 나고 말았다. 물론 들통나는 데는 하나밖에 없는 동생이 결정적 기여를 했다. 그래도 나는 저 생각해서 다 먹고 싶은 풀빵을 두 개나 남겨다주었는데 동생이 그걸 덜컥 일러 바친 것이다. 무슨 돈으로 풀빵을 사먹었냐는 추궁에 하는 수없이 자백을 할 수밖에 없었다.

"남은 돈 어디다 뒀냐? 가져와."

둘째 형의 주먹이 내 눈앞에서 위협 시위를 했다. 둘째 형은 키는 작지만 합기도 삼 단에 운동을 많이 한 근육맨이었다. 기분 좋을 때는 알통을 만들어 나를 거기에 매달리게 한 채 방 안을 돌아다니기도 했는데 그 믿음직하던 근육이 갑자기 무시무시하게 보였다.

"다 썼어."

"뭐?"

둘째 형의 눈초리가 치켜올라갔다.

"또 뭐 사먹었어?"

"전과."

"그게 어떤 돈인데 그 돈으로 과자를 사먹어, 인마? 그거 나 논산훈련소까지 가는 데 쓰라고 아버지가 여비로 준 거야. 너 나 군대 가는 거 모르냐?"

둘째 형이 버럭 소리를 지르며 내 머리를 한 대 쥐어박았다.

"과자가 아니고 책인데."

"뭐? 책? ……전과책 말이야? ……이 자식이 거짓말하고 있어."

"진짜야."

"가져와봐. 너 거짓말이면 죽는다."

나는 장롱 밑에서 전과를 꺼냈다.

"이거 살려고 돈을 훔쳤단 말야?"

둘째 형은 황당한 표정으로 전과와 나를 번갈아 보았다. 둘째 형은 운동은 잘하는데 공부와는 상극에 가까웠다. 둘째 형은 한참을 그렇게 내려다보다가 별 미친놈 다 본다는 듯이 고개를 살래살래 흔들며 방을 나갔다. 그러고 나서 얼마 안 되어 둘째 형은 군대에 갔다. 군 입대에 쓸 여비를 훔치다니 참 두고두고 미안한 일이 아닐 수 없었다.

미스터 하필 네 그 특수한 사정 때문인지도 모르겠다. 네가 아이들의 말과 어른들의 말을 그렇게 엄격하게 구분하는 거 말야.

나 왜요?

미스터 하필 네 말대로라면 초등학교 사학년까지는 어른들 말의 세계에 대한 이해 자체가 어려웠을 거 아냐? 그러다가 오학년이 되어 머리가 트이면서 갑자기 아이들 말의 세계와는 다른 어른들 말의 세계가 있다는 걸 눈치챘겠지. 그런 경험 때문에 아이들 말과 어른들의 말을 선명하게 구분하게 된 게 아니냐는 거지.

나 맞는 것 같아요. 초등학교 사학년 무렵까지는 학교가 뭔지도 모르고, 학교에서 가르치는 것도 알아듣지 못하면서 그냥 어른들이 윽박지르니까 왔다갔다했던 것 같아요. 그래서 그런지 사학년 때까지의 학교에 대한 기억은 거의 남아 있는 게 없어요. 남아 있는 건 동네 아이들하고 어울려 놀던 기억뿐이에요. 그런데 오학년이 되면서 아이들 말과 학교에서 가르치려 애쓰는 어른들 말이 많이 다르다는 생각을 하게 되었거든요. 마치 외계에서 날아온 UFO처럼 어른들 말의 세계가 어느 날 갑자기 눈앞에 나타난 거예요. 그런데 첫번째 만난 UFO 선장인 오학년 때 담임은 아무래도 지구 정복을 위해 나타난 외계인이 틀림없어요. *(웃음)*

미스터 하필 육학년 때는 어땠니? 육학년 때 담임도 *(웃으며)* 지구 정복파였니?

나 아뇨, 좋은 분이었어요. 도시 초등학교 고학년 담임치고 과외를 안 하는 사람은 없었죠. 대개 반 아이들 중 일류 중학교에 들어갈 가능성이 있는 아이들을 대상으로 과외를 했어요. 육학년 때 담임도 그런 과외를 하고 있어서 나도 과외를 받게 하는 게 어떻겠냐고 어머니에게 연락이 왔었던 모양이에요. 어머니는 오학년 때처럼 과외를 안 시켜서 내가 미움을 받게 되지 않을까 전전긍긍했어요. 그래서 직접 찾아가 집안 형편이 어렵다고 구구절절이 하소연을 한 모양이에요. 그랬더니 담임의 반응이 뜻밖이었대요. 담임이 얼굴이 벌게져서 화를 내는 줄 알았는데 뜻밖에 참 부끄럽게 생각한다고 말하더라는 거예요. 워낙 박봉이어서 먹고살기 위해 과외를 하긴 하는데 참 떳떳하지가 못하다, 지수는 혼자 공부해도 일류 중학교에 충분히 갈 수 있고, 학교에서 열심히 하도록 잘 지도할 테니까 걱정하지 말라고 했다는 거예요. 그 이야기를 들으면서 외계인들이 모두 지구 정복을 꿈꾸고 있는 건 아니구나 하는 생각을 했어요. 실제로 담임은 아이들을 차별하지 않고 따뜻하게 대해주었어요. 센스가 현저히 부족한 게 탈이긴 했죠. 그 따뜻함을 엉뚱한 유머나 관심으로 나타내 우리를 당황하게 하곤 했어요.

(회상에 잠기는 듯 잠시 침묵.)

#4 우울한 색깔의 사나이 : 회상 4

초여름 무렵이었을 것이다. 나는 여전히 어머니가 줄여준 형들의 중고등학교 교복을 입고 다녔다. 그것도 셋째 형이 입던 걸 넷째 형이 물려입고 그 다음에 나에게 온 거라 낡을 대로 낡아 있었다. 그 옷은 내 대에서 다 떨어져버리기 때문에 막내인 동생은 비교적 새 옷을 많이 얻어입는 편이었다. 중고등학교 여름 교복은 중들의 옷과 똑같은 회색이었고, 겨울 교복은 검은색이었다. 그러니까 나는 봄여름엔 회색 옷, 가을 겨울엔 검은 옷을 입고 다닌 셈이다. 미술시간에 담임이 갑자기 나를 앞으로 불러냈다. 나는 그림엔 별로 소질이 없는 터라 웬일인가 쭈뼛거리며 앞으로 나갔다. 담임은 잠시 색깔이 주는 느낌에 대해서 설명을 하더니,

"자, 이 옷의 색깔은 어떤 느낌을 주죠?"

하고 환하게 웃는 표정으로 나를 가리키며 물었다. 아이들은 할금할금 내 눈치를 보며 대답을 하지 않았다.

"이 옷의 색깔은 참 우울한 느낌을 주죠?"

아이들이 와— 하고 웃음을 터뜨렸다. 나는 당황하기도 하고 창피하기도 해서 얼굴이 빨개졌다.

"어두운 색깔 옷만 입고 다니면 마음까지 우울해질 수도 있으니까 가끔은 밝은 색깔 옷도 입고 다녀라."

담임이 희미하게 웃어 보였다.

나 6학년 때 담임은 엉뚱한 유머나 관심으로 종종 우리들을 당황하게 했지만 그걸 상처로 받아들이는 아이는 없었던 것 같아요. 담임의 진심이 뭔지 알기 때문이었죠. 아무래도 아이들에겐 어른의 악의와 호의를 분별해내는 타고난 능력 같은 게 있는 모양이에요.

미스터 하필 아이들은 다 자랄 때까진 어른들의 호의에 기대 살아야 하니까 본능적으로 그것을 분별하는 능력 같은 게 생기겠지.

미스터 하필, 말을 그치고 침묵. 어디선가 소쩍새 우는 소리. 나, 창호지 문을 바라보며 잠시 귀 기울인다.

나 (미스터 하필의 침묵을 의아하게 여겨) 왜요?

미스터 하필 아니, 너도 아직은 어른들의 호의에 기대어 살 나인데 싶어서 말이야.

나와 미스터 하필 침묵. 가까이서 비둘기 우는 소리 구구구 구구구 들린다.

나 밤에 저 소리 처음 들었을 땐 귀신 소리 같아서 무서웠어요. 그런데 지금은 저 소리가 들려야 안심이 되고 잠도 잘 와요.

미스터 하필 *(중얼거리듯)* 그렇지. 사람은 살아 있는 한 어떻게든 살아가게 마련이지.

나 예?

미스터 하필 아니다. *(슬쩍 말을 돌려)* 그래도 육학년 때는 좀 지내기가 나았겠다?

나 담임을 잘 만난 덕분에 육학년 때는 좀 편했죠. 하지만 편하다는 건 마음이 편했다는 거지 몸이 편했던 건 아니에요. 육학년이 되면서 우리는 점심 도시락과 저녁 도시락 두 개를 싸가지고 다녔어요. 컴컴해질 때까지 수업을 했죠. 하루 아홉 시간, 열 시간 수업은 어린아이들에게는 무리여서 코피를 쏟는 아이들이 많았어요. 나는 특별히 안 좋은 데가 있는 건 아니었지만 '국가 일급비밀' 답게 몸이 부실한 편이라 학교 수업만도 버거웠어요. 집에 돌아가 뭘 좀더 먹고 쉬면 열시쯤 되는데 더 공부하고 자시고도 없이 곯아떨어졌어요. 아침엔 아래 학년보다 한 시간 일찍 수업을 시작하는 터라 눈 비비고 나오기 바빴죠. 그런데 열 시간 수업이 끝나고 오밤중이 되도록 과외를 받는 아이들도 있었으니 아마 지옥이 따로 없었을 거예요. 그나마 나는 과외는 받지 않은 터라 조금 나았던 셈이죠. 특히 여름방학엔 보충수업을 오전까지만 했기

60

때문에 나머지 시간은 놀 수 있었어요.

미스터 하필 중학교 입시가 있었어도 여름방학 땐 여유가 좀 있었구나. 그땐 뭘 했니? 맨날 공부만 했을 리는 없고?

나 자전거를 배웠어요.

나, 회상에 잠긴다.

#5 아이가 어른 자전거를 타는 법 : 회상 5

육학년 여름방학에 나는 자전거 타기에 열을 올리고 있었다. 형들이 타고 다니는 자전거가 집에 서 있기만 하면 번개같이 큰길로 끌고 나갔다. 핸들이 어깨 높이에 오는 어른 자전거라 안장에 올라타는 건 거의 곡예에 가까웠고 배우는 데 시간이 오래 걸렸다. 더구나 그때 새 자전거는 지금의 경승용차만큼 값어치가 나가는 터라 나의 안전보다 먼저 자전거의 안전을 생각해야만 했다.

어른용 자전거 타기의 첫 단계는 핸들을 잡고 오른발만 페달에 올린 채 타는 것이다. 비탈길에선 왼발로 구를 필요 없이 내려가니까 타기가 좋다. 평지에선 왼발로 한참 구르다가 땅에서 왼발을 뗀 채 조금 가고, 속도가 떨어지면 또 왼발로 땅을 구른다. 이렇게 타면서 자전거의 균형감각을 완전히 익혀야 그 다음 단계로 갈 수 있다. 그 다음 단계는 땅을 구르던 왼발로 페달 축을 밟고 오른발을 페달에서 떼어 건너편으로 휙 넘기면서 안장에 올라앉는 것이다. 이 과정은 어차피 한 번에 할 수밖에 없기 때문에 자신감과 용기의 문제였다. 나는 여름 땡볕 속을 오른발만 페달에 올린 채 자전거를 타고 다녔다. 주로 완만하고 긴 비탈길을 타고 내려갔다가 끌고 올라와 다시 타고 내려가기를 반복했다. 그래서 자전거의 균형감각을 몸에 익혔다. 하지만 도저히 용기가 안 나 안장 위에 올라탈 수가 없었다. 여름방학도 이제 일주일 정도면 끝날 판이었다. 자전거 안장 위에 올라타보지도 못하고 여름방학을 끝낸다는 건 몹시 자존심이 상하는 일이었다.

"에이 비겁한 놈. 도대체 언제까지 페달에 매달려 다닐 거야, 창피하게. 오늘은 기필코 안장 위에 올라타는 거야."

나는 마음을 단단히 먹고 학교에 갔다 오자마자 자전거를 끌고 나갔다. 그 동네 큰길은 서쪽을 향해 완만한 오르막을 이루었다. 그 고갯마루에서 동네 주택가는 끝이 났다. 내리막부터 길은 서쪽을 바라보고 왼편에 대학을, 오른편에는 군부대를 끼고 이어졌다. 내가 자전거를 타는 곳은 바로 그 내리막이었다. 나는 왼발로 땅을 몇 번 굴러 내리막을 내려가기 시작했다. 점점 속도가 빨라졌다.

'이렇게 빨리 달릴 때 올라타다 넘어지면 붕 날아가서 크게 다칠걸?'

나는 비탈길을 다 내려가 속도가 좀 준 다음에 안장 위에 올라타기로 마음먹었다. 그런데 비탈길을 다 내려가 속도가 줄자 또다른 핑곗거리가 생겼다. 그 동네의 큰길은 넓기는 한데 비포장도로여서 돌멩이가 울퉁불퉁 튀어나와 있었다.

'안장 위에 올라타다가 돌멩이 때문에 바퀴가 튀면 넘어지겠

지?'

나는 결국 안장 위에 올라타지 못하고 자전거를 세웠다. 나는 나 자신에게 몹시 화가 났다.

자전거를 세운 곳에서 오른쪽으로는 군부대 철조망을 양쪽에 끼고 좁은 찻길이 나 있었다. 아스팔트 포장도론데 한 육칠백 미터쯤 가면 급경사를 이루며 구십 도 각도로 넓은 아스팔트 포장도로와 만났다. 그 넓은 도로는 도시를 가로지르는 주 도로여서 차가 많이 다녔다.

'좋아, 이 아스팔트 길에서 올라타는 거야. 여기서는 더이상 핑곗거리가 없겠지?'

나는 왼발로 한참 바닥을 굴러 속도를 낸 다음 안장 위에 올라타려고 여러 번 시도했다. 하지만 그때마다 자전거의 균형이 흔들려 그만두었다. 어느덧 그 좁은 포장도로의 삼분의 이 정도에 이르러 있었다.

'마지막 기회야. 이번에 못 올라타면 이제 영영 자전거는 못 타는 거야.'

나는 다짐에 다짐을 하고 왼발로 바닥을 힘차게 굴렀다. 속도가 나자 바닥을 구르던 왼발로 페달 축을 밟았다. 그리고 오른쪽 다리를 번쩍 들어 반대편으로 넘기며 안장 위에 올라앉았다. 하지만 신나할 틈이 없었다. 다리가 짧기 때문에 안장에 앉은 채로는 페달을 밟을 수가 없었다. 하는 수 없이 몸을 안장 앞으로 쭉 빼서 궁둥이를 쑥 내린 채 페달을 밟았다. 말하자면 양쪽 페달을 밟고

선 자세로 타는 것이다. 그렇게 하면 안장의 앞부분이 등허리쯤에 닿는다. 이렇게 타는 건 자세가 불안정하기 때문에 익숙해질 때까진 비틀거리게 마련이었다.

그런데 정작 심각한 문제는 자전거를 어떻게 세우느냐는 거였다. 다리가 짧기 때문에 브레이크를 잡고 옆으로 비스듬히 넘어지듯이 하면서 발을 땅에 대야 하는데 이게 보통 어려운 일이 아니었다. 자전거가 몸에 비해 높고 무겁기 때문에 옆으로 넘어져 팔다리를 바닥에 긁히기 일쑤였다. 그래도 어쨌든 자전거를 세워야만 했다. 그 좁은 도로가 끝나는 급경사의 비탈길이 불과 이십 미터 정도 앞에 보였다. 자전거를 못 세우고 그 급경사를 내려가면 보나마나 차에 받혀 죽을 게 뻔했다. 좁은 아스팔트 길은 그 급경사의 끝에서 넓은 아스팔트 길과 구십 도 각도로 만나는데 그 도로에는 차들이 늘 속력을 내어 달리고 있었다.

나는 브레이크를 꽉 잡았다. 그런데 속도는 조금 줄었지만 자전거가 멈추지를 않았다. 브레이크가 아주 고장이 났거나 헐거워진 것 같았다. 어쩐지 대낮부터 자전거가 집에 서 있더라니, 브레이크 고장이었잖아 하는 생각이 번개같이 머리를 스치고 지나갔다.

당황하는 사이에 자전거는 급경사의 비탈길을 내려가기 시작했다. 바로 아래 큰길에 차들이 씽씽 달리는 게 보였다. 그리고 얼핏 급경사가 끝나는 지점에 군인들의 대열이 건널목 신호를 기다리는 게 보였다. 나의 생각은 그쯤에서 지워져버렸다. 자전거의 속도가 급격히 빨라지면서 주위의 풍경들이 새카맣게 지워졌고, 나의 머릿속도 새카맣게 지워졌다. 그리고 이어서 쿵 부딪히는 느낌이 들고 한순간 정신을 잃었다.

어디든 부러져 무지 아플 줄 알았는데 이상하게 아픈 데가 없었다. 오른쪽 손바닥이 바닥에 쓸렸는지 조금 쓰릴 뿐이었다. 바닥이 이상하게 푹신하다 싶어 보니 훈련병으로 보이는 군인 둘의 몸을 타고 내가 누워 있었다. 나는 뭉그적거리며 일어났는데 두 군인 아저씨는 여전히 정신을 잃고 있었다. 혹시 죽은 게 아닐까 더럭 겁이 났다. 쭈뼛거리며 서 있는데 중사 계급장을 단 아저씨가 씩씩거리며 나에게 다가왔다. 중사는 덩치가 산만했다. 그는 다짜고짜 솥뚜껑만한 손바닥으로 내 뺨을 때리기 시작했다.

"누구 인생 망칠 일 있냐? 너 집이 어디야? 당장 부모님한테 가자! 쟤들 병신 됐으면 책임져야지!"

나는 중사가 외치는 소리에 가슴이 덜컥 내려앉아 뺨이 아픈 줄도 몰랐다. 코피가 터지자 중사가 손을 멈추었다.

"선임하사님, 애들 괜찮답니다."

하사 계급장을 단 사람이 중사의 팔을 잡아당기며 빨리 가라고 나에게 손짓을 했다. 좀 멍한 표정으로 일어난 두 훈련병은 다행히 어디 아픈 데 없냐는 질문에 연신 고개를 흔들고 있었다.

나는 쓰러져 있는 자전거를 일으켰다. 얼마나 세게 부딪혔는지 앞바퀴가 휘어져 있어 자전거를 끌고 갈 수가 없었다. 하는 수 없이 앞바퀴 쪽을 들고 뒷바퀴는 땅에 굴리며 비탈길을 올라갔다. 일초라도 빨리 그 자리를 벗어나고 싶은데 어린아이 덩치엔 자전거가 너무 무거워 서너 발짝마다 쉬어야만 했다. 거의 예수가 십자가를 지고 골고다 언덕을 올라가는 꼴이었다. 하지만 거구의 중사가 다시 부를까봐 가슴이 조마조마해서 힘든 걸 따질 틈이 없었다.

나는 비탈길을 다 올라와서야 뒤를 돌아보았다. 군인들의 행렬은 보이지 않고 군가소리만 멀리서 들려왔다. 나는 비로소 휴— 한숨을 쉬며 땅바닥에 주저앉았다. 아픈 줄도 몰랐던 뺨이 화끈거리기 시작했다. 만져보니 손자국이 부어올라 있었다. 자전거도 첫눈에 알아볼 수 있을 만큼 앞바퀴가 심하게 휘어져 있었다. 이제 집에 들어갈 일이 걱정이었다. 볼에 손자국이 없어질 때까지는 집에 들어가지 않는 게 좋을 것 같았다. 그리고 자전거를 몰래 마당 구석에 세워놓으려면 아무래도 어둑어둑해질 때까지 기다려야 할 것 같았다. 나는 자전거를 십자가처럼 어깨에 메고 대학 캠퍼스 안으로 들어갔다. 포플러나무 아래 벤치에 눕자 시원한 바람이 땀을 식혀주었다. 잠이 솔솔 쏟아졌다. 요란하게 울어대는 매미 소리가 멀어졌다 가까워졌다 했다. 잠 속으로 빠져들었다.

미스터 하필 (웃으며) 또 엄마한텐 입도 뻥끗 안 했겠구나?

나 (유쾌하게) 그럼요. 비밀을 지키지 않으면 아이들 패거리는 금방 깨져요.

인정 없는 세상

미스터 하필 *(웃으며)* 미스터 일급비밀.

나 *(장난치듯)* 에이, 왜 갑자기 별명을 불러요? 별명 같은 이름을 붙여줬다고 복수하는 거죠?

미스터 하필 아니, 그냥 친해지고 싶어서.

나 *(여전히 장난치듯)* 에이, 뭐 어려운 거 물어보려고 그러죠?

미스터 하필 *(어색하게 웃으며)* 눈치가 상당히 빠르구나. *(망설이며)* 저기 말이야…… *(정색을 하며)* 넌 왜 가족과 떨어져 혼자 지내게 된 거니?

나 *(불에 덴 듯 움찔한다)* ……

미스터 하필 *(생각을 곱씹으며 말하듯 무겁게 천천히)* 누구한테나 기억하기 싫은 것, 말하기 싫은 게 있지. 그래도 한 번은 억지로라도 기억해내고, 억지로라도 말하고 넘어가야 할 때가 있어.

나 *(시선을 피하듯 문 쪽으로 눈길을 돌린다)* ……

달빛이 밝아 나뭇가지 그림자가 창호지 문에 뚜렷이 비친다.

미스터 하필 *(조심스럽게)* 지금 기억해내고 말하지 않으면 길을 잃기 쉬워.

바람이 부는지 나뭇가지 그림자가 심하게 흔들린다.

나 *(갑작스럽게 악의를 드러내며)* 형씨처럼 길을 잃는단 말이지? *(비웃듯)* 하하.

미스터 하필 …… *(침울하게)* 그래, 나처럼 길을 잃을 수 있지.

나 ……

나, 누구를 기다리기라도 하듯 묵은 낙엽이 바람에 바삭거리는 소리에 귀 기울인다.

미스터 하필 (좀 단호하게) 하지만 난 두 번씩이나 길을 잃고 싶진 않다. 네가 길을 잃으면 나는 두 번이나 길을 잃게 돼. 너와 나는 뭐가 물려 멈춘 톱니바퀴처럼 얽혀 있으니까.

나무 가지 그림자의 흔들림이 서서히 멈춘다. 바람이 잦아드는 모양이다.

나 ……미안해요……

미스터 하필 (말이 나오길 기다린다)……

나 (망설이듯 천천히 말하다가 서서히 빨라진다.) 사건이 터진 건 자전거를 부숴먹은 그날이었어요. 부서진 자전거를 메고 대학 캠퍼스에 들어가 벤치에서 잠이 들었는데 깨어보니 저녁노을이 지고 있었어요. 피로는 좀 풀렸지만 배에서 요란하게 꼬르륵 소리가 났어요. 집으로 가려고 자전거를 메고 나오는데 배가 고파서 허리가 자꾸 꼬부라졌죠. 겨우 대학 정문까지 나왔는데 벌써 온몸이 땀범벅이 되고 손발이 떨렸어요. 시멘트 바닥에 철퍼덕 주저앉았어요. 문득 아버지 생각이 났어요.

나, 회상에 잠긴다.

#6 작아진 아버지의 등 : 회상 6

오학년 초여름 무렵의 일이었다. 그때 대학 캠퍼스 안에선 대학생들이 농성을 하고 경찰들이 교문을 막고 있었다. 꼬맹이들에겐 큰 구경거리여서 동네 아이들은 틈만 나면 구경하러 다녔다. 한일 협정 반대 데모였다. 아이들은 여기저기서 주워들은 이야기들을 멋대로 지껄여댔다.

"야, 이 대학 학생들은 뭣도 모르면서 데모한다드라."

문수가 저희 가게에서 어른들에게 들은 이야기를 주워섬겼다.

"맞아. 서울에 있는 무슨 여자대학에서 왕겨가 가득 든 가마니에 고구마를 몇 개 넣어 이 대학 학생들에게 보냈다던데? 그래서 촌놈들이 자존심 상해서 저러는 거래."

대위도 아는 체를 했다. 하지만 나는 편하게 그런 말을 할 처지가 아니었다. 셋째 형이 그 농성의 주동자였기 때문이다.

"너희들이 뭘 안다고 그래?"

나는 퉁명스럽게 내뱉으며 대위와 문수를 째려보았다.

"왜 신경질을 부리고 그래? 그러는 너는 알아?"

문수가 볼이 부은 소리를 했다.

"나도 몰라. 모르니까 구경이나 하자고."

나는 철조망 너머에 눈을 준 채 시큰둥하게 말을 받았다. 철조망 너머로 셋째 형의 모습이 보였다. 앉아 있는 한 무리의 대학생들 가운데 일어서서 무어라고 소리치고 있었다.

그때 문득 교문을 향해 다가가는 아버지의 모습이 눈에 띄었다. 대학에서 데모가 시작된 뒤부터 어디서 오는지 집에 가끔 신사복을 입은 사람들이 찾아와서 식구들이 셋째 형을 말려줄 것을 종용

하는 눈치였다. 셋째 형이 말을 안 들으니까 아버지까지 올라오게 한 모양이었다. 아버지는 전력회사의 시골 출장소 소장으로 일종의 준공무원이었다.

나는 얼른 아버지에게 달려가 손을 잡았다. 아버지는 빨리 집에 가라고 눈을 부라렸지만 나는 끝내 따라붙었다. 어린아이들은 대개 아버지를 전지전능한 존재로 생각한다. 나 역시 그때까지는 그 비슷하게 믿고 있었다. 그래서 이제 아버지가 왔으니 셋째 형 문제도 다 해결되려니 생각했다. 그래서 자랑스럽게 아버지의 손을 잡고 따라나선 참이었다. 아버지는 교문을 막고 있는 순경에게 다가가 책임자를 보고 싶다고 이야기하며 명함을 내밀었다. 그런데 순경의 반응이 영 신통치 않았다.

"왜 우리 서장님을 만나려는 거요?"

경찰이 퉁명스럽게 물었다.

"우리 애가 저 안에 있어서 데리고 나오려고 그럽니다."

"아마 안 될 겁니다. 위에서 워낙 엄하게 지시가 내려와서. 오죽하면 경찰서장님이 직접 여기까지 나와 계시겠어요?"

"어쨌든 서장님을 뵙고 싶은데……"

"글쎄요, 말을 전해드리긴 하겠는데…… 기대는 하지 마십시오."

순경이 교문을 막고 있는 대오의 앞쪽으로 갔다. 서장은 한참을 기다린 뒤에야 벌레 씹은 표정을 하고 나타났다.

"아드님 이름이 뭡니까?"

서장이 아버지 말을 다 들은 뒤에 물었다. 아버지가 셋째 형의 이름을 대자 서장은 고개를 살래살래 흔들었다.

"벌써 체포명령이 떨어져 있습니다."

"그럼 어떻게 되는 거죠?"

"재판을 받아야 할지도 모릅니다. 잘돼도 퇴학은 면할 수 없을 거고요. 지금은 별수가 없으니 돌아가십시오."

"그래도 어떻게 좀……"

아버지가 계속 말을 붙일 태세이자 서장이 옆에 있는 순경에게 손짓을 했다. 그러자 순경이 라디오를 들고 와 바닥에 내려놓았다. 부서진 자전거와 함께 내가 철퍼덕 앉아 있는 시멘트 바닥이 바로 그 라디오가 놓였던 자리였다. 라디오를 켜자 흥분한 듯한 아나운서의 목소리가 흘러나오는데 말투로 보아 북한방송 같았다. 아나운서는 각 대학의 데모 상황을 생중계하듯이 이야기하고 있었다. 좀 지나자 셋째 형의 이름도 나왔다.

"……xx 대학에서는 *** 동지가 앞장서서 영웅적인 투쟁을……"

나는 깜짝 놀라 아버지의 얼굴을 힐끗 올려다보았다. 아버지의 얼굴은 굳어질 대로 굳어 있었다.

"보십시오. 아예 생중계를 하지 않습니까? 지금도 여기 어디에선가 간첩이 지켜보고 있단 얘기지요. 이렇게 남북이 대치하고 있는 상황에서 아무리 철이 없어도 저렇게 데모나 해서 되겠어요?"

서장은 당장 간첩을 잡기라도 하려는 듯 사방을 두리번거리며 훈계조로 말했다. 아버지는 낙담한 표정으로 인사도 하는 둥 마는 둥 돌아섰다. 나도 덩달아 기운이 빠져 터덜터덜 아버지를 따라갔다. 세상에서 가장 커 보이던 아버지의 등이 갑자기 무척 작아 보였다.

아버지는 집안 살림이나 세상일에 대해서는 거의 관심이 없는 분이었다. 아버지는 작은 연구실을 만들어 회사에서 돌아오면 늘 거기 처박혀 살았다. 이런저런 금속을 녹여 합금을 만들고 거기에 전기를 통해보는 일을 반복했다. 아버지의 꿈은 전기저항을 반으로 줄여 전력 손실이 거의 없는 전선을 만들어내는 것이었다. 간혹 전기저항을 조금 줄인 전선을 개발했다고 상을 받은 적도 있었다. 하지만 상을 받는 거하고 회사에서 좋은 자리를 차지하는 거하고는 다른 문제인 모양이었다. 아버지는 늘 시골구석으로만 쫓겨다녔다.

아버지는 절대 우리를 연구실에 들여놓지 않았다. 그래서 나와 동생은 문틈으로 연구실을 들여다보곤 했다. 선반 위에 여러 가지 색깔의 빛을 내는 광석들이 올려져 있기도 하고, 알 수 없는 도구들이 긴 나무 탁자 위에 널려 있었다. 나는 아버지가 고도의 문명과 기술을 전해주러 온 외계인이 아닐까 상상하곤 했다. 그러니까 지구인과 평화롭게 지내려는 외계인 중에서도 아버지는 가장 선량한 외계인임에 틀림없었다. 그런 외계인들은 소수이기 때문에 지구 정복을 꿈꾸는 외계인들 속에서 힘이 들게 마련이었다.

나 자전거를 메고 집이 보이는 고샅에 들어섰을 때 나는 완전 녹초가 되어 있었어요. 땀범벅에다, 배가 고파 허리는 꼬부라지고, 손발은 힘이 빠져 부들부들 떨렸죠. 자전거 타기를 배운 대가치고는 너무도 가혹했어요. 게다가 자전거를 망가뜨렸다고 혼날 생각을 하니 길지 않은 고샅길이 십 리는 되어 보였어요.

나, 회상에 잠기는 듯 침묵.

#7 형제들 : 회상 7

나는 유심히 집 대문간 쪽을 살폈다. 혹시 형들이 어디 갈 일이 생겨서 자전거를 찾고 있을지도 모를 일이었다. 형들이 아니더라도 막내녀석을 맞닥뜨리면 빼도 박도 못할 것이었다. 보나마나 득달같이 일러바칠 게 뻔했다. 그렇게 정통으로 걸리면 모른 채 시침을 뗄 수가 없다. 나는 자전거를 몰래 대문 안에 들여놓고 오리발을 내밀기로 마음먹고 있었다. 형제가 많다보니까 끝까지 시침을 떼고 있으면 니가 했지? 니가 했지? 따지다가 지쳐 그냥 넘어가는 수도 간혹 있었다. 그런 요행수에 기대보기로 작정을 한 것이다.

조마조마한 마음으로 집 가까이 다가가는데 어디선가 요란하게 싸우는 소리가 들렸다. 그것도 한두 명이 싸우는 게 아니었다. 어느 집에서 저리 난리를 피우나 궁금해하며 대문간에 이르렀는데 바로 우리 집이었다. 대문이 활짝 열려 있고 불빛과 함께 시끄러운 소리들이 쏟아져나왔다. 대문 기둥에 기대어 고개를 내밀고 집

안쪽을 들여다보았다. 방 안에 큰형부터 넷째 형까지 주르르 앉아 있었다. 웬일로 군복을 입은 둘째 형까지 있었다. 둘째 형은 그 도시의 인근에 있는 부대에 배치되어 있었는데 외박이라도 나온 모양이었다. 형들 앞에는 평소에 우리 집과 가깝게 지내던 아주머니들이 여럿 앉아 있었다. 그런데 도저히 눈으로 보아도 믿을 수 없는 일이 벌어지고 있었다. 형들과 아주머니들이 서로 삿대질을 하고 간혹 욕도 섞어가며 싸우고 있는 것이다. 그 아주머니들과는 친척 이상으로 가까워서 설날이 되면 형들과 세배를 드리러 다니곤 했었다. 그러니 형들이 그 아주머니들에게 삿대질을 하며 대든다는 건 있을 수가 없는 일이었다. 정말 외계인들이 지구 정복을 위해 무슨 음모를 꾸민 게 아니라면 그런 일은 벌어질 수 없는 것이었다. 나는 배고픈 것도 잊고 잠시 멍해져서 집 안을 쳐다보기만 했다. 그러다 퍼뜩 자전거에 생각이 미쳐 정신을 차렸다. 무슨 일인지 모르지만 어쨌든 자전거를 몰래 들여놓을 수 있는 절호의 기회였다. 잘하면 그냥 넘어갈 수도 있을 것 같았다. 마음 한구석으로 잘되었다는 생각이 들면서도 무슨 일인가 몹시 불안했다.

나는 자전거를 마당 구석 어둑한 곳에 세워두고 마루로 올라섰다. 넷째 형이 눈이 마주치자 뒷방으로 가라고 신호를 보냈다. 뒷방은 불도 켜지 않아 어두컴컴했다. 방 한쪽에는 어머니가 홑이불을 둘러쓴 채 누워 있고 막내는 그 발치에 쪼그리고 앉아 있었다. 평소 같으면 어머니가 몸이 아파도 밥을 차려주려고 부스럭거리며 일어났을 것이다. 그런데 그날은 잠잠했다. 분위기가 심상치 않아서 밥 달라는 소리도 못 하고 막내에게 다가가 어깨를 툭 쳤다. 고갯짓으로 따라오라고 하고는 부엌으로 갔다. 찬밥이 좀 남아 있었다. 나는 찬밥덩이와 김치 조각을 잔뜩 입에 넣고 씹으며 눈으로 무슨 일이냐고 물었다. 막내는 울었는지 볼에 눈물 자국이 남아 있었다.

"우리 집 빚 많이 졌대."

"빚? 그래서 저 아주머니들 와 있는 거야?"

나는 올 것이 왔구나 싶었다. 간혹 형들이 걱정하는 소리를 엿들은 게 있어서였다. 형들을 대학도 보내고 고등학교도 여럿 가르치는데 그건 아버지 월급만으로 할 수 있는 일이 아니라는 것이었다. 말은 안 하지만 어머니가 틀림없이 빚을 많이 지고 있을 거라고 형들은 걱정했었다. 사실 이런 일이 벌어지리라 예상하고 어느 정도는 마음의 준비들을 해온 셈이었다.

"응, 이 집 전셋돈 빼서 빚 갚으라고 저러는 거래."

"그럼 우리는 어떡하라구?"

"몰라, 그래서 엉아들이 화내는 거야. 나는 아부지한테 보낼 거라던데……"

"그럼 나는?"

나는 눈이 동그래져서 막내를 내려다보았다.

"엉아는 여기서 중학교 가야 하잖아."

나는 어쭈 싶어 막내 얼굴을 빤히 쳐다보았다. 다음해에야 초등학교에 들어가는 막내는 발랑 까져서 모르는 게 없었고 어른들 말에도 곧잘 끼어들었다. 그래도 거기까지는 괜찮았다. 정말 곤란한 것은 나이도 여섯 살이나 아래인 게 형 보기를 돌같이 해서 늘 별명을 불러댔다. 특히 친구들 앞에서 별명을 불러대는 통에 골치가 아팠다. 아마도 막내가 나를 형이라고 부른 건 처음이지 싶었다.

"아부지 있는 데도 중학교 있어."

"거긴 시골이라 다 똥통학교잖아?"

"그래두 여기 혼자 남는 거보단 낫지. 무슨 학교든 저만 잘하믄 되는 거야."

"엉아, 정말 나랑 같이 갈 거야?"

막내가 아무래도 미심쩍다는 듯 나를 쳐다보았다.

"그럼. 너도 혼자 가면 심심할 것 같지?"

막내가 고개를 끄덕이며 내 손을 꼭 쥐었다. 나는 동생에게 엄마랑 떨어져 지내도 괜찮겠냐고 물으려다 그만두었다. 그렇게 물으면 금방 울 것 같았다. 막내의 울음소리는 사이렌 소리처럼 시끄러운데다 한번 울면 좀처럼 그치지를 않았다.

며칠이 지나도록 빚쟁이들은 하루 종일 끊임없이 들락거렸다. 넷째 형은 재수를 하면서 대학 시험을 준비중이라 골방에 처박혀 있었고, 큰형은 직장에 나갔기 때문에 낮에는 집에 없었다. 그래서 낮에는 셋째 형 혼자서 빚쟁이를 상대했다. 마치 빚쟁이를 상대하기 위해서 대학에서 퇴학 맞은 것만 같았다.

학교에 갔다 올 때마다 누가 훔쳐가는 것처럼 가구가 하나씩 없어졌다. 아마도 빚쟁이들이 가져가는 모양이었다. 덕분에 자전거를 부순 일은 무사히 넘어갔다. 큰형이 어느 날 자전거를 꺼내다가 짜증을 냈다.

"이것들이 물건을 가져가려면 고이 들고 갈 것이지 왜 자전거는 부숴놓고 가는 거야?"

자전거를 부순 죄가 고스란히 빚쟁이들에게 넘어가는 순간이었다. 가슴이 두근 반 세근 반 하던 나는 그제야 안도의 한숨을 폭 내쉬었다.

"이 녀석은 쪼끄만 게 한숨을 쉬고 그래? 너희들은 걱정할 필요 없어, 형들이 다 알아서 할 테니까."

큰형이 나와 동생을 돌아보며 말했다. 큰형은 내가 집안일 때문에 한숨을 쉰 줄 알았던 모양이다. 나는 괜히 혼자 미안해서 피식 웃으며 뒷머리를 긁었다.

여름방학이 끝나기 전 마지막 토요일 날 학교에 갔다 와보니 엄마가 없었다.

"엄마 시골 친척집에 갔어."

대문을 들어서자 막내가 시무룩한 표정으로 다가와 말했다.

"인마, 누구 들을 만한 데선 엄마 어디 있다는 말 절대 하지 말랬잖아."

마당에서 역기를 들고 있던 넷째 형이 수건으로 땀을 닦으며 막내에게 핀잔을 주었다.

"그럼 엄마 도망간 거야?"

내가 물었다.

"그런 셈이지. 너희들은 그냥 무조건 모른다고 하면 돼. 그나저나 니들 담배꽁초나 좀 주워와라. 너무 짧은 건 말고 좀 긴 걸로."

셋째 형과 넷째 형은 빚쟁이들이 몰려들고부터 부쩍 담배를 많이 피우고 있었다. 담배 사 피울 돈이 충분하지 못한데 직접 꽁초를 줍기는 체면이 안 서니까 늘 아직 꼬맹이인 나와 막내를 시켰다.

"싫어. 피우고 싶으면 형이 주워다 피워. 양아치 왕초처럼 맨날 그런 거나 시키고 그래."

나와 막내는 입을 쑥 내밀었다.

"그러지 말고 스무 개에 일원씩 줄 테니까 주워와."

"열 개에 일원."

깍쟁이인 동생이 값을 올렸다.

"그래, 인심 썼다. 대신 너무 짧은 건 안 쳐준다."

나와 막내는 종이봉투를 하나씩 들고 집을 나섰다. 오십 개만 줍기로 했다. 긴 꽁초 오십 개를 줍는 건 쉬운 일이 아니었다. 우리는 중심가가 시작되는 로터리까지 큰길의 왼쪽을 따라갔다가 길을 건너서 반대쪽으로 돌아오기로 했다. 막내는 하나 주울 때마다 일일이 긴지 짧은지를 물어서 귀찮게 했다. 그러느라고 갔다오는 데 시간이 많이 걸렸다. 집 부근까지 돌아왔을 땐 해가 많이 기울어 있었다.

"너희들 뭐 하고 있나?"

아직 두세 개가 부족한 터라 땅바닥을 살피고 있는데 등뒤에서 소리가 들렸다. 아버지와 큰형이었다.

"오셨어요? 방학숙제예요. 길에 버려진 쓰레기 줍기요."

내가 얼른 둘러댔다.

"이놈들 또 방학 내내 미뤄놓고 있다가 끝날 때 다 되어서 하느라 바쁘구만."

아버지가 웃으며 막내를 번쩍 안았다. 나는 큰형의 손을 잡고 뒤를 따라갔다. 큰형은 나이가 서른이어서 형이라기보다는 아버지 같은 느낌이었다.

대문간을 들어서자 넷째 형이 아버지에게 인사를 하는 둥 마는 둥 하고는 나에게 손을 내밀었다. 나와 동생도 손을 내밀었다.

"어이구 쥐방울만한 것들이……"

넷째 형이 내 손에 일원짜리 다섯 개를 떨어뜨리고는 골방을 향해 갔다. 담배꽁초를 어디다 감춰둘 모양이었다. 동생이 손을 내밀었다. 나는 일원짜리 두 개를 동생의 손바닥에 떨어뜨렸다.

"왜 두 개야?"

"너는 꼬맹이고 나는 크잖아."

"내가 열 개에 일원으로 만들었잖아."

동생이 입을 쑥 내밀고 눈을 흘겼다. 내가 아무리 착한 외계인 축에 끼워주려고 애를 써도 동생은 영 구제불능이었다. 아무래도 지구 정복을 꿈꾸는 외계인들의 첩자 같았다.

동생과 티격태격하고 있는데 큰형이 방으로 들어오라고 했다. 또 외박을 나왔는지 둘째 형도 앉아 있었다. 형제들이 다 모인 셈이었다. 아버지는 마루에서 등을 돌린 채 담배를 피우고 있었다. 아버지의 등이 몹시 쓸쓸해보였다. 아버지의 등이 더 작아진 것 같아 나는 태어나서 두번째로 아버지에게 연민을 느꼈다.

"시골에 어머니 모셔다드리고 왔다. 어딘지는 모르는 거로 해라. 막내는 아버지 따라간다. 넷째 네가 막내 짐 좀 챙겨줘."

"지금요?"

모두들 깜짝 놀라 큰형을 쳐다보았다.

"그래 지금. 괜히 빚쟁이들하고 맞닥뜨리면 아버지만 곤란해서. 남은 얘기는 아버님 먼저 보내드리고 하자. 셋째는 골목에 나가서 혹시 누구 오나 좀 봐라."

넷째 형과 나 그리고 막내는 안방으로 갔다. 막내의 짐은 조그만 옷보따리 하나뿐이어서 짐이랄 것도 없었다. 막내는 울상을 짓고 서성이다가 밖으로 나가더니 어디선가 유리구슬과 딱지를 잔뜩 가져왔다.

"아이고, 요 깍쟁이. 유리구슬 좀 빌려달랄 때마다 없다고 딱 잡아떼더니……"

나는 막내의 머리에 가볍게 꿀밤을 먹였다.

"엉아는 구슬치기하면 맨날 잃기만 하잖아."

막내가 말하며 씩 웃었다. 막내는 유리구슬과 딱지를 종이에 싸서 옷보따리 속에 집어넣었다.

"야, 이거 갖고 가다가 뭐 사먹어라."

나는 넷째 형이 준 삼원을 막내의 손에 쥐여주었다.

"엉아 가져."

막내는 울먹울먹하며 제 것까지 합쳐 오원을 다시 내밀었다.

"자식이, 형이 주면 받는 거야."

나는 오원을 막내 주머니에 넣어주었다. 괜히 콧마루가 시큰했다.

"엉아, 이거 주고 아부지 있는 데 중학교로 안 오려고 그러지?"

"그 오원하고 중학교하고 무슨 상관이냐? 걱정 마. 내년에 아부지 있는 데 중학교로 갈게."

"꼭이야."

막내는 아버지와 큰형을 따라 골목을 나서면서도 여러 번 뒤를 돌아보았다.

큰형은 아버지를 역까지 모셔다드리고 느지막이 왔다. 저녁을 같이 먹은 모양이었다.

"아직 어려서 엄마랑 같이 있어야 되는데 막내가 제일 안됐다."

큰형이 이야기를 꺼냈다. 가족이 뿔뿔이 흩어지는구나 하는 실감이 내 가슴을 무겁게 눌렀다. 형들도 그랬을 것이다.

"너희들, 아버지 어머니 원망하지 마라. 아버진 술도 안 드시고 참 성실하신 분인 거 잘 알지? 그리고 어머니, 아버지 월급 가지고 어림도 없는데 어쨌든 우리들 고등학교 보내고 대학도 보냈다. 그러느라고 빚도 지신 거야. 아버지 어머니는 할 만큼 하신 거다. 이제 남은 건 우리가 해결하는 수밖에 없다."

훌쩍거리는 소리가 들렸다. 둘째 형이었다. 둘째 형은 다른 형제들하고 생김새가 조금 달랐다. 다른 형제들은 다 눈 코 입 귀가 큰 편인데 둘째 형은 작은 편이어서 좀 오종종한 느낌을 주었다. 그리고 생김새처럼 잔정이 많아서 눈물도 많았다. 그래선지 어머니는 입버릇처럼 둘째 형이 큰딸 몫을 한다고 말하곤 했었다. 큰형이 잠시 말을 멈추자 셋째 형이 둘째 형 옆구리를 콕콕 찔렀다.

"단단히 마음먹어야 한다. 우선 넷째는 대학 시험 봐야 하고, 다섯째는 중학교 시험 봐야 하니까 무슨 수를 쓰든 내년 2월까지는 이 집을 유지해야 한다. 셋째 네가 아주머니들을 잘 설득해봐, 내년 2월까지 기다려달라고. 그리고 그때까지는 될 수 있으면 찾아오시지 말라고 그래. 정 설득이 안 되면 저녁에 오시라고 그래라. 내가 만나볼 테니까. 그리고 이건 어머니에게 물어서 누구에게 빚을 얼마나 졌는지 적어놓은 거다. 셋째 네가 가지고 있어. 갚든 못 갚든 얼마나 빚졌는지 알고는 있어야지. 늘 세배도 드리러 다니고 가깝게 지내던 분들인데 어쩌다 이렇게까지 되었는지 모르겠다."

큰형이 한숨을 쉬며 대학노트를 방바닥에 던졌다. 모두의 시선이 그리로 쏠렸다. 도대체 얼마나 빚을 많이 진 걸까?

"이 집 전셋돈으로는 어림도 없고, 이 집이 우리 거여서 판다고 해도 다 갚을 수 없는 액수야. 그러니까 그 빚을 우리가 물려받을 순 없다. 그러면 우린 시작도 하기 전에 빚에 눌려서 일어서지도 못해. 돈을 빌려준 사람들한테는 미안하지만 빚 갚는 거는 이 집 전셋돈하고 아버지 월급에 들어오는 차압으로 끝낸다. 알아봤는데 법적으로도 부모 재산을 물려받지 않는 한 자식이 빚을 물려받게 되어 있지는 않아. 그러니까 절대 빚쟁이들한테 나나 너희들 이름으로 차용증이나 각서 같은 걸 써주면 안 된다. 독하게 마음 먹고 냉정하게 끊어야 해."

작은형들이 새삼스럽게 큰형을 쳐다보았다. 과연 면도날이구나, 라고 생각하는 눈치였다. 큰형은 회사에서 별명이 면도날이었다. 이것저것 잘 모르는 내가 보기에도 면도날이 틀림없었다. 그 정신없었던 며칠 사이에 어떻게 그렇게 차곡차곡 따지고 정리를 했는지 신기한 일이었다. 나는 그런 면도날이 우리 편이어서 정말 다행이라고 생각했다.

"그래서 하는 얘긴데 내년 일 년은 내 직장을 서울로 옮기려고 한다. 직장이 여기 있어선 빚쟁이들에게 시달려 견딜 수가 없을 것 같다. 그리고 넷째도 서울에 직장 잡고 야간대학에 가겠다니까 자리 잡을 때까지 봐줄 필요도 있고. 둘째는 제대하려면 멀었으니까 됐고, 셋째 너는 어떻게 할 거냐?"

큰형이 좀 사나워진 눈으로 셋째 형 쪽을 보았다. 셋째 형이 데모하다 퇴학당한 것에 대해 몹시 못마땅하게 생각하고 있었다.

"공군에 가려고요."

"공군? 언제 뽑는데? 공군은 육군처럼 아무 때나 가는 게 아니잖아."

"내년 7월에 가요."

"그럼 2월부터 6월까진 뭐 할 거야?"

"장사하려고요."

"장사? 니가 무슨 장사를 해, 인마? 장사가 뭐 애들 장난인 줄 아냐?"

"초등학교 앞에 공장에서 불량품으로 나온 연필 싸게 파는 장사들 있잖아요. 영수 형이 연필은 대준다고 했어요. 친구랑 둘이 그 거 팔면서 여행 겸 돌아다녀보려고요."

나는 갑자기 셋째 형이나 따라다닐까 하는 생각이 들었다. 재미있을 것 같았다. 도색이 안 된 불량품 연필을 파는 장사는 초등학교 앞이면 어디에나 있었다. 나무 어디엔가 작은 흠이 있어서 불량품이 된 건데 색만 안 칠했다 뿐이지 쓰는 데는 아무 불편이 없었다. 게다가 문방구에서 사는 연필 한 자루 값이면 열 자루를 살 수 있을 만큼 값이 싸서 아이들이 많이 샀다. 그 장사는 가게를 얻어 하는 게 아니라 짐자전거에 박스를 싣고 와서 아이들이 등하교할 때만 전을 펼치는 뜨내기 장사였다. 시골 초등학교와 장터를 찾아다니면 전국 구석구석을 돌아다닐 수 있을 것이다. 영수 형은 육촌 형인데 마침 연필공장에 다니고 있으니 안성맞춤이었다.

"참 이런 판에 여행 얘기가 나오냐?"

큰형이 셋째 형을 사납게 째려보았다.

"불량배들 잡아다 일 시키는 국토재건단 있잖아요. 그게 지금은 처음이라 깡패들만 잡아가고 있는데 내년쯤 되면 데모하다 잘린

대학생들도 끌고 갈 거라던데요? 그럼 그렇게 피해다니는 것도
괜찮을 것 같은데……"

둘째 형이 끼어들어 셋째 형 편을 들었다. 국토재건단은, 말하
자면 박정희 정권 때의 삼청교육대 같은 것이었다. 다른 점이라면
삼청교육대는 고된 훈련을 시켰는데 국토재건단은 강제노동을 시
켰다는 것이다. 제주도의 상수원 댐, 5·16 한라산 횡단도로 같이
위험한 공사에 투입되어 사람이 많이 죽었다. 불량배로 낙인찍힌
사람들을 재판도 없이 마구잡이로 끌어가고 있었는데 좀 지나면
데모하다 잘린 대학생들도 끌고 갈 거라는 소문이 돌고 있었다.

"그 소문은 나도 들었다. 어쩔 수 없지. 그런데 그 장사하려면
짐자전거라도 있어야 할 거 아냐?"

"짐자전거 두 대는 친구가 준비한다고 했어요. 나는 연필을 대
기로 했고요."

"그 친구도 너랑 데모하다 퇴학당했냐?"

"예."

큰형은 여전히 곱지 않은 눈길로 셋째 형을 보며 혀를 쯧쯧 찼
다. 형들의 이야기를 듣고 있던 나는 마음이 몹시 바빠졌다. 곰곰
이 따져보니 내가 그 도시의 중학교에 가면 달랑 혼자 남을 수밖
에 없는 상황이었다.

"그럼 나는 어떻게 해요?"

나는 울상을 지으며 큰형을 쳐다보았다.

"글쎄 말이다. 셋째한테 좀 데리고 있으라고 할 참이었는

데……"

"아부지 있는 시골 중학교 가면 안 돼요?"

"그런 삼류 학교 갔다가 고등학교는 어떻게 가려고?"

"어디서나 나만 열심히 하면 되죠 뭐."

"그게 쉽냐? 그리구 엄연히 여기서 좋은 중학교 갈 수 있는데 그리루 가봐라. 아버지 마음이 어떻겠냐? 걱정 말고 기다려봐. 지수 너 하나야 어떻게 못 하겠냐? 어쨌든 정신들 바짝 차려라. 이제 인정 없는 세상이 된 거야. 믿을 건 너희 자신밖에 없어."

미스터 하필 인정 없는 세상이 되었다는 말은 참 맞는 말 같구나. 계 파동이 있고 나서부터 세상이 참 삭막해졌지. 하기는 전국에 그렇게 많은 사람들이 빚더미 위에 올라앉고 자살하고 하니 안 그럴 수 없지. *(한숨을 쉰다.)* 벌써 몇 달째 지겹게 그런 기사들이 신문을 뒤덮고 있잖니.

나 그런데 계 파동이 뭐예요?

미스터 하필 글쎄, 그걸 다 설명하기는 어렵고. 쉽게 말하면 전국의 계가 꼬리에 꼬리를 물고 깨져서 사람들이 한꺼번에 빚더미 위에 올라앉는 거야. 왜 여러 사람이 매달 얼마씩 부어서 차례대로 목돈을 받아가는 걸 계라고 하잖니. 이제까지는 사람들이 은행은 많이 이용하지 않고 주로 계를 해서 돈을 모으고 빌려주고 꿔 쓰고 했으니까 계 파동으로 그 사람들이 다 원수처럼 되었겠지? 그리고 이젠 사람들이 서로서로 잘 믿지도 않고. *(침울하게)* 삭

막하지.

　나 정말예요. 작년에는 세배 갈 데가 너무 많아 하루에 다 못 다 녔는데 올해는 친척 아저씨 두세 분 빼고는 갈 데가 없었어요. *(얼굴을 찌푸리며)* 이젠 동네 애들도 잘 안 모여요. 동네가 그냥 모르는 사람들끼리 모여사는 데 같아졌어요.

　나, 회상에 잠기다.

#8 당숙들 : 회상 8

　큰형과 넷째 형은 새해 설날이 되어도 내려오지 않았다. 넷째 형이 대학에 합격하고 어딘가 취직했다는 소식만 전해져왔다. 그렇다고 아버지 있는 시골에 갈 상황도 아니어서 셋째 형과 썰렁한 설날을 보냈다. 아침 떡국은 큰당숙 댁에 세배 가서 얻어먹고, 점심 떡국은 절뚝발이 당숙 댁에 가서 먹었다. 두 당숙은 도시 외곽의 가난한 동네에 살았다.

　큰당숙의 집은 늘 묘한 고요에 싸여 있었다. 그 집 사람들은 소리내어 웃는 법이 없었다. 말도 최대한 소리를 죽여 소곤거리듯이 했다. 그 집에서 큰 소리를 낼 수 있는 특권을 누리고 있는 건 큰당숙의 기침소리뿐이었다. 아니, 그 집에서 특권을 누리고 있는 건 큰당숙이나 큰당숙의 기침소리가 아니라 죽음 자체였는지도 모른다. 큰당숙은 너무 오랫동안 죽어가고 있어서 큰당숙의 방엔 이미 큰당숙이 앉아 있는 게 아니라 죽음 자체가 앉아 있는 것만 같았다. 큰당숙모는 오래된 여사제가 비밀의 신전을 드나들 듯 혼자 그 방을 드나들며 병 수발을 했다.

큰당숙은 폐병이 심해서 내가 아주 어렸을 때부터 곧 돌아가실 거라는 소리를 들었었다. 그런데 이상한 것은 그렇게 지루하게 오랫동안 죽어가고 있음에도 불구하고 온 집안 사람들이 한결같이 그 죽음을 최대한 존중하고 있다는 점이었다. 그것은 큰당숙이 심하게 경련을 하듯 입을 씰룩이고 있는 것과 관련이 있는 것 같았다. 어른들이 언뜻언뜻 하는 얘기로는 큰당숙이 입을 씰룩이는 건 일제 때 받은 심한 전기고문 때문이라고 했다. 폐병이 심해진 것도 그때부터라 했다.

세배만 드리고 큰당숙 방에선 금방 나왔다. 그래도 이 년 전까지는 세배를 하고 큰당숙과 함께 떡국도 먹곤 했었다. 그런데 그해 가을 인수 누나가 죽은 뒤로는 세배만 드리고 바로 나와야 했다. 인수 누나가 큰당숙에게서 옮은 결핵으로 죽었기 때문이었다. 인수 누나는 나보다 네댓 살 위였다. 인수 누나는 눈이 크고 얼굴이 하얀데 좀 마른 편이어서 늘 아버지 연구실에 말려놓은 하얀 장미를 생각나게 했다. 어릴 때 그 동네에 놀러 가면 인수 누나가 업어주기도 했었다. 나는 인수 누나의 등에 볼을 댔을 때 맡아지는 살냄새가 좋았다. 인수 누나의 죽음은 오래도록 말라 바람에 부서져 흩날리는 하얀 장미를 떠올리게 했다. 흰 가루로 부서진 꽃잎들이 내 가슴의 여기저기에 불티처럼 내려앉으며 오래도록 아렸다.

"정말 전기고문을 심하게 받으면 큰당숙처럼 입을 실룩거리게 돼?"

큰당숙 댁을 나오며 셋째 형에게 물었다.

"그렇지. 너 시골 살 때 입 실룩거리던 목사님 생각 안 나냐? 그 양반도 일제 때 전기고문을 받아서 그런 거잖아."

나는 고개를 끄덕거렸다. 시골 살 때 가끔 심방 오던 늙은 목사님도 큰당숙처럼 심하진 않았지만 늘 입을 실룩거렸다.

"큰당숙은 왜 전기고문을 받은 건데?"

"말씀들을 잘 안 하시니까 나도 자세한 건 모르지. 언뜻언뜻 들은 말로는 돌아가신 대선동 큰할아버지가 일제 때 상해에서 돈을 많이 벌었다더라. 그래서 임시정부에 자금도 대고 관계를 했나봐. 그때 조카인 큰당숙하고 절뚝발이 당숙을 상해로 불러들여 심부름도 시키고 그런 모양이야. 중국과 우리나라를 오가며 심부름을 한 거겠지. 그러다 잡혀서 고문을 당한 거라지 아마. 절뚝발이 당숙도 그때 다리 병신이 된 거고."

"절뚝발이 당숙도?"

나는 눈을 크게 뜨고 셋째 형을 올려다보았다. 나는 절뚝발이 당숙에게 몹시 미안한 생각이 들어 혼자 괜히 얼굴을 붉혔다. 얼마 전에 길거리에서 친구들과 절뚝발이 당숙을 마주쳤을 때가 생각나서였다. 친구들이 누구냐고 물었을 때 꾀죄죄한 절뚝발이인 게 창피해서 그냥 좀 아는 사람이라고 얼버무렸었다.

우리는 묵묵히 언덕길을 내려갔다. 조금 더 걷자 멀리 절뚝발이 당숙 댁의 대문이 보였다.

절뚝발이 당숙은 한 다리를 굽히지 못해 쭉 펴고 상 앞에 앉았다. 장가들어 분가한 영수 형 부부도 와서 식구가 많았다. 당숙모, 연수 누나, 기수, 은수. 거기에 셋째 형과 나까지 끼어들어 작은 방 안이 꽉 찼다.

"많이 힘들지? 야, 어서 먹어라. 그래, 서울 근수한테서는 무슨 연락 있냐?"

당숙이 물었다.

"예. 넷째가 대학 시험도 되고 공무원 시험도 되었대요. 큰형하고 넷째가 자리를 잘 잡은 것 같아요."

셋째 형이 입 안에 든 걸 얼른 삼키며 대답했다.

"근수는 대선동 당숙네 회사로 직장을 옮긴 거지?"

당숙의 물음에 셋째 형과 영수 형이 갑자기 긴장했다. 나도 깜짝 놀라 당숙과 형들의 얼굴을 번갈아보았다. 큰형이 대선동 당숙 회사에 취직했다는 건 처음 듣는 얘기였다. 만약에 그게 사실이면 불호령이 떨어질 판이었다. 대선동 당숙은 T시에서 알아주는 갑부여서 회사와 학교를 여러 개 가지고 있었다. 하지만 아버지와 집안 어른들은 그 당숙에게는 세배도 못 가게 했다. 그래도 우리 꼬마들은 세뱃돈 받는 재미로 몰래몰래 세배를 다녔는데 그러다 들켜서 아버지에게 회초리로 얻어맞기도 했다. 세배 간 것 가지고도 그러는 걸로 봐서 그 당숙 회사에 취직한 게 사실이라면 난리가 날 게 뻔했다.

"예, 대선동 아저씨 회사 서울 사무소에 자리를 얻은 것 같아요."

셋째 형이 당숙의 눈치를 할금 보며 기어들어가는 목소리로 말했다. 그런데 당숙의 반응이 뜻밖이었다.

"그래. 잘한 일이다. 지나간 일은 지나간 일이고 산 사람은 살아야지. 이제 나나 느이 아버지 세상은 지나가는 거야. 지난날의 시시비비는 지난날의 시시비비로 돌려야지 어쩌겠냐. 하지만 느이 아버지한테는 당분간 얘기하지 말거라. 그러지 않아도 마음이 상해 있을 건데 더 마음 상해할 거야."

당숙이 나로서는 알쏭달쏭한 말을 했다. 셋째 형과 영수 형은 안도의 한숨을 쉬었지만 당숙의 표정은 무척 쓸쓸해 보였다.

점심 떡국을 비우고 셋째 형과 영수 형은 연수 누나 방으로 건너갔다. 불량연필 장사할 의논을 하려는 모양이었다. 나는 기수의 손에 끌려 햇볕이 잘 드는 헛간 앞으로 갔다.

"왜 그래?"

나는 기수의 얼굴을 빤히 보았다. 기수는 나와 나이가 같았다.

"저기, 이따가 대선동 당숙한테 세배 안 갈래?"

나는 대답을 망설이면서도 입맛을 쩍 다셨다. 대선동 당숙에게 세배 갔다가 들키면 혼나기는 하지만 세뱃돈은 두둑이 받았다. 꼬마들로서는 거의 목돈이라고 할 수 있을 만큼의 액수였다.

"들키면 어쩌려고?"

"안 들키면 되지."

"……"

"이따가 네시쯤 대선동 로터리로 나와."

"알았어."

꼬마들은 세뱃돈의 유혹에 못 이겨 매번 설날마다 무슨 비밀작전이라도 펼치듯 대선동 당숙에게 세배를 가곤 했다. 대개 삼삼오오 짝을 지어 갔다. 그 집은 대문과 집도 너무 크고 정원도 너무 넓어서 괜히 주눅이 들었다. 거기다 당숙이나 당숙모도 일 년에 한 번 얼굴을 볼까 말까 해서 낯설었다. 그래서 혼자 가면 대문간을 얼쩡거리다 들어가지도 못하고 돌아오는 경우가 많았다.

세시쯤 절뚝발이 당숙 댁에서 나왔다. 절뚝발이 당숙의 말과 표정 때문인지 아버지의 작아진 등이 자꾸 머릿속을 맴돌았다. 기수와의 약속이 괜히 아버지를 배반하는 것 같아 미안한 생각이 들었다.

"그런데 올해 세배는 큰당숙 댁과 절뚝발이 당숙 댁으로 끝내는 거야?"

나는 슬쩍 셋째 형을 떠보았다.

"너 세뱃돈 때문에 그러지? 아버지도 당숙들도 다 싫어하는데 거길 왜 가나? 지금은 그래도 덜 하지. 우리 어릴 땐 대선동 당숙에게 몰래 세배 갔다가 아버지한테 많이도 얻어맞았다."

"대선동 아저씨도 똑같은 당숙인데 왜 세배를 가면 안 돼? 당숙모가 일본 여자라서 그런 거야?"

"통 말씀들을 안 하니까 자세한 건 알 수 없지. 오래 전엔 삼일절 때 집안 어른들이 그 집에 쳐들어간 적도 있다니까 단순히 당숙모 때문만은 아닐 거야."

"그럼 대선동 당숙이 친일파야?"

"돌아가신 대선동 할아버지가 상해에서 그러고 있는데 그래도 그 외아들이 노골적으로 앞장서서 친일이야 했겠냐? 일본 사람들하고 가까이야 지냈겠지. 그러지 않고는 대선동 할아버지가 번 재산을 유지하고 불리기 어려웠을 테니까."

"그런데 집안 어른들이 왜 그래?"

"내 짐작엔 큰당숙하고 절뚝발이 당숙을 안 도와줘서 그런 거 같아. 큰할아버지 입장에선 큰당숙하고 절뚝발이 당숙이 당신 때문에 몸이 망가지고 생활능력을 잃어버리게 된 거니까 책임을 느끼셨겠지. 또 큰할아버지가 상해에서 돈을 벌게 된 것도 문중 땅을 판 돈을 밑천으로 한 거였거든. 문중 땅은 집안 어른들의 공동 소유니까 어떻게 보면 큰당숙이나 절뚝발이 당숙도 큰할아버지가 번 재산에 대해 조금은 권리가 있다고도 할 수 있지. 그리고 명분으로 봐도, 말하자면 독립운동을 하다 그렇게 된 거니까. 그래서 큰할아버지가 대선동 당숙에게 목돈을 보낼 때마다 큰당숙과 절뚝발이 당숙을 도와주라고 한 모양이더라. 그리고 해방되고 나서 상해 재산을 정리해 보낼 때는 한몫을 떼어 큰당숙과 절뚝발이 당숙을 주라고 한 모양이야. 그런데 돌아와보니 큰당숙과 절뚝발이 당숙이 비참하게 살고 있거든. 그걸 보고 대선동 큰할아버지가 눈물을 흘렸다더라. 그리고 대선동 당숙에게 노발대발했지. 그런데 대선동 당숙이 재산을 전부 자기 앞으로 해놓고 끝까지 말을 안 들은 모양이야. 그래서 대선동 할아버지가 돌아가실 때까지 아들의 인사를 안 받았다더라. 그러니까 집안 어른들이 그 당숙을 싫어하는 거지."

나는 고개를 끄덕였다. 이야기를 듣고 보니 대선동 당숙은 지구 정복파 외계인에 속하는 게 틀림없었다.

셋째 형과는 시내에서 헤어졌다. 아버지의 쓸쓸한 등이 자꾸 떠오르며 대선동 당숙에게 세배하러 가면 안 될 것 같은 생각이 들었다. 그냥 집으로 갈까 하다가 기수에게 이야기라도 해줘야지 하는 생각이 들었다. 나는 혼자서 대선동 로터리를 향해 걸어갔다. 시간이 조금 남아 있었다. 로터리 근처에서는 남자애들이 폭음탄을 터뜨리고 있었다. 지나가는 여자애들이나 여자 어른들 발 근처에 폭음탄을 터뜨려 놀라게 하고는 깔깔거리며 골목으로 도망쳤다. 재미있어 보였다.

"우리도 얼른 세뱃돈 타서 폭음탄 사자."

어느새 왔는지 기수가 내 어깨에 손을 얹었다. 폭음탄? 나는 폭음탄을 살 생각은 조금도 없었다. 벌써 몇 달째 용돈 한 푼 없이 지낸 터라 더 긴요하게 쓸 데가 많았다. 나는 아버지에 대한 생각은 까맣게 잊어버리고 기수를 따라나섰다.

대선동 당숙의 집은 도지사 관사 근처에 있었는데 집이 도지사 관저만큼이나 크고 넓었다. 커다란 솟을대문부터 우리가 주눅이 들기에 충분했다. 설날이라 그런지 대문은 열려 있었다. 대문 안쪽으로 키 작은 회양목 울타리로 둘러쳐진 화단과 주목이며 간지 럼나무, 단풍나무 그리고 이름 모를 키 큰 나무들이 서 있는 작은 동산이 보였다. 대문 뒤편에는 검은 지프차와 세단이 서 있었다.

"와, 당숙이 타고 다니는 차가 두 대나 돼."

기수가 중얼거리며 지프차의 백미러를 들여다보는데 일하는 아주머니가 마당을 지나다가 다가왔다.

"무슨 일이니?"

일하는 아주머니가 꾀죄죄한 우리 모습을 위아래로 훑어보며 물었다.

"당숙 어른께 세배 드리러 왔는데유."

기수가 잔뜩 주눅이 들어 촌놈 말투로 대답했다. 왜 주눅이 들면 으레 촌스러운 사투리가 튀어나오는지 모를 일이었다.

"그래? 주인어른 당조카들이구나. 어느 집에서 왔다고 하면 되니?"

"지는 용머리 작은집 셋째구유, 얘는 전기회사집 다섯째유. 그룽기 얘기허믄 알 건디유."

"그래? 따라와라."

우리는 현관을 지나 넓은 마루로 들어갔다. 큰 방이 많았는데 방마다 세배객들로 북적거려 무슨 잔칫집에 온 것 같았다. 세배객들이 붐벼서 이 집에 오면 으레 마루에서 작은 상을 받고 한 시간 이상 기다리곤 했다. 어떤 때는 당숙이 너무 바쁘다고 일본 아주머니가 나와 세뱃돈만 주어 돌려보내는 경우도 있었다.

마루에 앉기도 전에 일본 아주머니가 나와서 우리는 또 세뱃돈만 주어 돌려보내려나 했다. 꼬맹이들로서는 그게 제일 바라는 바였다. 그 집은 너무 주눅이 들게 하기 때문에 오래 있기가 불편했다. 어차피 세뱃돈이 목표니까 시간은 짧을수록 좋았다. 그런데 일본 아주머니의 눈치가 그게 아니었다. 전에는 좀 쌀쌀맞은 느낌을 주었는데 이번엔 왠일인지 생글생글 웃고 있었다.

"들어가자. 잊지 않고 와줘서 고맙구나."

우리는 일본 아주머니를 따라 당숙이 있는 방으로 갔다. 다른 손님들과 대머리가 벗어진 당숙의 모습이 보였다.

"미안하네. 이야기를 더 했으면 좋겠는데 우리 조카들이 와서……"

당숙은 우리를 맞으려 일부러 다른 손님을 내보내는 눈치였다. 우리는 뭐에 단단히 홀린 기분이었다.

"네 이름이 지수지? 요번에 T중학교에 들어갔다는……"

세배를 마치고 나자 당숙이 세뱃돈이 든 봉투를 주며 물었다. 세뱃돈이 작년보다 두 배는 되는 것 같았다. 기수는 세뱃돈 봉투를 보고 벌써 입이 찢어져 있었다.

"예."

"음, 열심히 하고 우리 희수하고도 잘 지내라. 여보, 희수 집에 있지? 애들 희수 방에 가서 놀다가 저녁 먹고 가게 해."

우리는 일본 아주머니를 따라 긴 복도를 지나 다른 방으로 갔다. 기수는 울상을 지으며 내 옆구리를 콕콕 찔러댔다. 나야 셋째 형밖에 없으니까 괜찮지만 기수는 집에 늦게 들어가면 여기 세배 왔던 게 들통날 가능성이 컸다.

희수의 방은 기수네 집을 다 합해놓은 것만큼이나 컸다. 커다란 책상, 전축과 음반, 피아노, 유리문이 달린 책장, 옷장, 큰 침대…… 없는 게 없어 영화에나 나오는 방 같았다. 희수는 고급스런 바지와 부들부들한 와이셔츠 위에 두툼한 털재킷을 걸치고 실내화를 신고 있었다. 게다가 얼굴까지 계집애처럼 희어서 우리랑은 다른 과의 동물 같았다. 같이 놀라고 우리를 거기 두고 갔지만 서로 말이 통할 리가 없었다. 몇 번 겨루어보다가 아무런 접점이 없어 우리는 대화를 포기했다. 이건 마치 한쪽은 쇠스랑을 들고 다른 쪽은 펜싱 검을 들고 경기를 하는 거나 다름없었다. 우리는 서로 할 말이 없어 어색하게 쩔쩔매다가 갖은 핑계를 만들어 일찍 그 집을 나왔다.

미스터 하필 *(생각에 잠겨 중얼거리듯)* 너희 집안도 참 사연이 많구나. 네 당숙 말대로 우리 아버지들의 세상이 지금 지나가고 있는지도 모르지. 네 생각은 어떠냐?

나 그 말이 무슨 뜻인지 잘 모르겠어요. 하지만 어쨌든 지구인과 평화롭게 지내려는 외계인들은 점점 망해가는 것 같아요.

모래 없는 곳에서 모래무지가 사는 법

미스터 하필 (웃으며) 그 말이 그 말이야. 그런데 참 넌 중학교 들어오면서 이 집에 혼자 살게 된 거니?

나 (침울해져서) 아뇨. 처음엔 육촌 형 집에 살았어요.

나, 침묵한 채 얼굴을 잔뜩 찌푸린다.

#10 생의 이면 : 회상 10

2월 중순쯤 큰형이 서울에서 내려왔다. 집 전셋돈을 빼서 빚 청산을 하려는 것이었다.

"자취방이라도 하나 얻어주었으면 좋겠는데 넷째 대학 등록금도 내야 하고 여유가 없구나. 미안하지만 당분간만 영수 형네 있어라. 영수 형이 잘해줄 거다. 고등학교 다닐 때 아버지가 한두 번 등록금도 내주고 그랬지. 우리 집에서 몇 달 살기도 했어."

큰형이 마루에 놓인 짐 보퉁이를 어깨에 메며 말했다. 셋째 형도 가방을 집어들었다. 나는 집을 한번 휘— 돌아보았다. 이제부터 집도 없이 혼자 지내야 한다고 생각하니 가슴이 휑했다.

셋째 형과는 큰길에서 헤어졌다. 셋째 형 친구가 짐자전거 두

대를 세워놓고 기다리고 있었다. 자전거에는 불량 연필을 담은 박스가 여러 개 실려 있었다. 셋째 형은 그 위에 가방을 얹고 짐들을 줄로 단단히 고정시켰다.

"어디로 갈 거냐?"

"일단 K읍 쪽으로 한번 가보려고요."

"그래, 몸조심하고, 급한 일 있으면 연락해."

큰형이 서울 주소와 사무실 전화번호를 적어 셋째 형에게 주었다.

"걱정 마라, 영수 형이 잘 해줄 거야."

셋째 형이 내 어깨를 툭 치고는 내 손에 돈을 쥐여주었다.

"형 따라가면 재미있을 것 같은데……"

괜히 콧마루가 찡했다.

"이럴 때일수록 더 열심히 공부해야지."

셋째 형은 눈물이 날 것 같은지 얼른 돌아섰다. 고갯마루까지 자전거를 끌고 올라가더니 돌아보며 손을 흔들었다. 그리곤 자전거에 올라탔다. 높이 쌓아올린 짐 꼭대기가 고개 너머로 사라졌다.

영수 형 집은 우리 집과는 반대쪽 도시 외곽에 있었다. 좀 허름한 주택가였다.

"아주버니 오셨어요? 도련님, 어서 들어와요."

형수는 반갑게 인사는 했지만 떨떠름한 표정을 다 감추지는 못

했다. 속없이 반가운 웃음으로 맞이하는 영수 형과는 달랐다. 영수 형은 그 집의 별채에 세들어 살고 있었는데 부엌이 딸린 단칸방이었다. 형수의 떨떠름한 표정이 충분히 이해가 되었다. 영수 형은 아직 신혼이었다. 나는 난감한 표정으로 큰형을 올려다보았다. 큰형도 난감한 표정이었다.

"방이 두 개라고 하더니 하나뿐이잖아? 허 참, 처음부터 말을 제대로 했어야지. 이게 제수씨한테 체면이 서는 일이냐?"

형수가 부엌으로 나간 사이 큰형이 따지듯이 말했다. 큰형은 영수 형보다 몇 살 윈데 친구처럼 허물없이 지냈다.

"이가 없으면 잇몸으로 사는 거죠, 뭐."

영수 형은 또 허허 웃었다. 형수가 차와 과일을 내왔다.

"아이구, 이거 죄송합니다. 방이 하난 줄 알았으면 동생 맡길 생각을 안 했을 건데…… 어떡합니까, 갑자기 다른 방도를 찾을 수도 없고. 면목 없지만 신세를 져야겠습니다. 3월 지나면 달리 방도를 찾겠습니다."

나는 육촌 형 집에 그렇게 맡겨졌다. 신혼부부의 단칸방에서 같이 지내는 건 서로에게 고역이었다. 낮에는 어떻게 하든 밖에서 시간을 보낸다 해도 밤에는 어쩔 수가 없었다. 열시가 되면 잠이 안 와도 이불을 뒤집어쓰고 자는 척해야 했다. 나는 늦게까지 잠을 이루지 못해 본의 아니게 어른들 삶의 이면을 들여다보아야 했다. 부부가 사랑을 나누는 소리를 듣는 것도 민망한 일이었지만, 내가 자는 줄 알고 나누는 이야기를 듣는 건 참 고통스러웠다.

"저 새끼 언제 내보낼 거야?"

"아이구 참, 근수 형이 3월까지라고 했잖아. 우리 어려울 때 당숙이 얼마나 도와줬는데……, 3월까지만 참아."

"3월까지 안 나가면 내가 쫓아낼 거야. 알아서 해."

가슴에 칼을 맞는 느낌이 들 때가 많았다.

미스터 하필 힘들었겠구나. 육촌 형 집에 있으면서 중학교에 다니기 시작했겠네?

나 예.

미스터 하필 중학교는 어땠니?

나 2월 말에 T중학교의 신입생 예비소집이 있었어요. 모든 학부모와 학생들이 선망하는 이른바 일류 중학교였죠. 각 초등학교에서 선생의 귀여움을 독차지하던 경쟁의 선수들이 모인 데였어요. 예비소집에 갔을 때의 첫 느낌은 내가 이물질 같다는 거였죠. *(자조적인 웃음)* 나만 불행하고 다 행복하구나 하는 느낌이라고 할까? 하여튼 외톨이라는 느낌이 강했어요.

미스터 하필 왜 그렇게 느꼈니?

나 복잡해요. 한두 가지로 이야기하긴 어려운데…… 우선 내 초등학교 생활은 선생의 귀여움을 받는 것 하고는 거리가 멀었어요. 그래서 선생의 귀여움을 받는 경쟁의 선수들하고는 가까이 어울려본 적이 없었거든요. 그런데 T중학교에는 그런 애들만 모여 있었어요. 그리고…… *(격렬한 말을 찾으려 애쓰는 듯 얼굴을 찌푸린*

다.) 그애들 말하고 내 말은 달라요.

　미스터 하필 *(호기심 반 의아심 반으로)* 말이 다르다고? 말이 어떻게 다른데?

　나 *(여전히 얼굴을 찌푸리고 천천히)* 예를 들면 나는 공부란 건 자기가 필요한 걸 필요한 때 필요한 만큼 하면 된다고 생각해요. 그런데 그 아이들은 대개 공부란 건 일등을 하기 위해 하는 거라고 생각하죠. 그러면 똑같은 말을 하더라도 그 말의 뜻이 달라져요. 가령 T중학교에 들어가려면 내가 다닌 초등학교에서는 반에서 오등 정도 하면 무난했어요. 그러면 나에겐 일등과 오등은 아무 차이가 없죠. 어쨌든 T중학교에 들어가면 되는 거니까 일등을 하다 오등을 하든 오등을 하다 일등을 하든 더 불행할 것도 더 행복할 것도 없어요. 그런데 그애들은 달라요. 일등과 오등은 하늘과 땅 차이라고 생각해요. 그애들은 자기 말이 없는 것 같아요. 그냥 어른들의 말을 가져다 쓰는 거지.

　나, 여전히 얼굴을 찌푸린 채 침묵.

#11 모래 없는 곳의 모래무지 : 회상 11

　초등학교 때의 나는 물고기로 말하자면 모래무지였다. 모래무지는 순식간에 모래를 파고 숨어버리는데 등 색깔이 모래와 똑같아 금방 숨는 걸 보고도 쉽게 찾을 수가 없다. 초등학교 육 년 동안 나는 모래무지로서 사는 데 대체로 성공한 셈이었다. 지구 정복을 위해 나타난 UFO의 외계인 선장을 담임으로 만났던 오학년 때를 제외하면 그랬다. 그럴 수 있었던 것은 초등학교에는 모래와 모래무지가 압도적으로 많았기 때문이다. 담임의 귀여움을 독차지하는 경쟁의 선수들은 칠십 명 중에 다섯 명, 많아야 열 명이었다. 그 소수의 아이들은 작은 떼를 이루어 다니는 치리 같았다. 치리는 늘 하얀 비늘을 반짝이며 물의 표면 가까이를 빠른 속도로 이동해 다닌다. 그 소수의 치리들이 물 위쪽에서 반짝이든 말든, 물 위로 뛰어오르는 재주를 피우든 말든 압도적 다수의 모래와 모래무지 들은 물밑에 가라앉아 그냥 묵묵히 있으면 되는 것이었다.

그런데 T중학교의 신입생 예비소집에 가보니 물이 안 좋아도 보통 안 좋은 게 아니었다. 거기는 치리들만 바글바글 모여 있어서 은박지를 햇빛 속에서 구길 때처럼 사방이 온통 반짝거렸다. 게다가 바닥에는 모래가 하나도 없었다. 나 같은 모래무지로서는 참으로 암담할 수밖에 없는 일이었다.

나는 게시판에서 내가 몇 반에 배정되었는지 확인하고 7반 팻말이 있는 곳을 찾아갔다. 시간이 조금 일러서 아이들만 삼삼오오 모여서 떠들고 있었다. 모두들 경쟁에서 이겼다는 자부심을 은빛 비늘로 번득이고 있어서, 그 자랑스러운 낯짝들이 참 살벌해 보였다. 그중의 한 무더기 아이들이 나를 보자 일제히 환한 미소를 지으며 다가왔다. 같은 초등학교를 나온 아이들이었다. 나는 모래무지라서 그런 치리들하고는 어울린 적이 없었고 당연히 얼굴은 알아도 그 아이들 이름은 몰랐다. 그런데 그 아이들은 어쩐 일로 내 이름까지 알고 있었다. 나는 일찍이 그런 환대를 받아본 적이 없던 터라 이것들이 다 머리가 돌아버렸나 싶었다.

"야, 잘됐다. 네가 우리 반 반장해라."

한 녀석이 뜬금없는 소리를 했다.

"반장? 갑자기 무슨 소리야? 너희들 돌았냐?"

나는 퉁명스럽게 내뱉었다.

"네가 해야지, 우리 초등학교 출신이 반장을 할 수 있단 말이야. 우리 초등학교가 이 학교에 제일 많이 들어오니까 당연히 우리 초등학교 출신이 반장해야 하는 거 아냐?"

다른 녀석이 나섰다.

"야, 그만 좀 놀려. 내가 반장 부반장은 고사하고 분단장도 해본 적 없는 거 알고 그러냐?"

나는 좀 짜증을 냈다.

"그래도 네가 7반에선 일등으로 들어왔으니까 반장을 하겠다면 하는 거야."

또다른 녀석이 끼어들었다.

"이것들이 진짜, 만우절도 아닌데 그만 해라. 참 내, 내가 무슨 일등으로 들어와? 육학년 때 우등상도 못 받은 거 너희들도 알잖아."

그 녀석들은 좀 시무룩해져서 고개를 갸웃거리며 원래 있던 자리로 돌아갔다.

그런데 갈수록 태산이라고 이번엔 생전 본 적도 없는 녀석이 내어깨를 툭툭 쳤다. 덩치가 크고 얼굴이 팽이형으로 단단하고 거만해 보이는 녀석이었다. 벌써 변성기가 지났는지 목소리가 굵고 어딘가 조금은 애늙은이처럼 보였다.

"너 한지수지? 나 박정수다. 잘해보자. 니가 반장하면 내가 부반장하면서 도와줄게."

박정순지 나발인지가 어른들이 하듯이 오른손을 쑥 내밀었다. 나는 얼떨결에 악수를 하기는 했지만 정말 이 학교는 정신병자들만 오는 덴가 싶었다.

"니가 7반에서 일등으로 들어온 애구나. 우리 정수는 이등이야."

문득 머리 위에서 여자 목소리가 들렸다. 화려한 투피스에 옅은 색의 선글라스를 끼고 양산을 받쳐든 아주머니가 나를 내려다보고 있었다. 어떻게 보면 젊어 보이고 어떻게 보면 나이가 좀 있어 보였다. 박정순가 나발인가의 어머니인 모양이었다. 몸뻬에 저고리를 평상복으로 입고 다니는 우리 어머니하고는 차원이 달랐다.

그 여자는 무슨 견적이라도 뽑듯 나를 위에서 아래로 좌에서 우로 여러 번 훑어보았다. 그 여자의 말로 봐서 내가 7반의 일등으로 들어온 건 사실인 모양이었다.

"니가 반장해라. 나는 초등학교 때 반장 부반장은 고사하고 분단장도 해본 적이 없어서 자신 없다."

"그래도 니가 일등인데……"

아까 그 녀석들도 몸만 아이일 뿐 마음은 어른 같았는데 박정수는 한술 더 떠 어른 뺨칠 놈이었다. 그러니 아이들의 말을 못 알아듣는 게 당연했다. 박정수와 나의 대화를 좀더 확실하게 아이들 말로 옮기면

"니가 제일 빨리 헤엄친다는 그 치리구나. 한번 물 위로 뛰어오르는 재주 좀 피워봐라. 그러면 나도 내 재주를 보여줄게."

"아니, 난 그런 거 안 해. 나는 모래무지거든."

이다.

아이들의 말을 알아들었다면 당연히 '아, 미안. 다시는 귀찮게 안 할게' 하고 돌아서야 했다. 박정수는 아이들의 말을 까먹은 지가 정말 오래된 모양이었다. 나는 하는 수 없이 내 말을 어른들의 말로 번역해야 했다.

"우리 집은 형편이 안 돼. 아마 내가 반장을 한다고 해도 어머니 아버지가 일 년에 한 번 학교에 얼굴을 내밀기도 어려우실 거야. 그럼 담임선생님도 우리 반도 여러 모로 곤란할 거 아냐. 그러니까 형편이 괜찮으면 니가 해라."

박정수는 그제야 알아들었는지 심각한 표정으로 고개를 끄덕였다.

"참 기특하구나, 집이 어려운데도 그렇게 공부를 잘하고. 우리 정수랑 친하게 지내라. 우리 정수는 서울법대 갈 건데 너도 거기까지 쭉 같이 갔으면 좋겠구나."

정수 어머니는 정수와 함께 돌아섰다. 교무실 쪽으로 가는 것 같았다. 나는 오학년 때 담임에게 비싼 대가를 치르고 배웠기 때

문에 정수 어머니가 왜 나에게 나타났는지를 금방 눈치챘다. 정수를 반장을 시키고 싶은데 일등으로 들어온 내가 장애가 될 것 같으니까 탐색을 하러 온 거였다. 이제 장애가 없어졌으니 교무실에 한번 들르고 담임이 내 의사를 묻는 요식절차를 거치면 정수가 반장이 될 터였다. 도시 초등학교도 그렇지만 이른바 일류 중학교는 엄마들의 치맛바람이 태풍처럼 드센 곳인 모양이었다.

"에이 씨발년, 재수 없게 나타나서 지랄이야."

나는 멀어져가는 정수 어머니의 등에 대고 중얼중얼 욕을 했다. 정수 어머니가 뒤를 돌아보았다. 나는 알아들었나 싶어 뜨끔했다. 얼른 큰 소리로 인사를 했다.

"안녕히 가세요!"

정수 어머니는 웃으며 손을 흔들었다.

시간이 되자 선생님들이 나와서 각 반 팻말 앞으로 왔다. 우리 반 담임은 삼십대 중반의 수학선생이었는데 기다란 당구 큐대를 들고 다녔다. 담임은 서류의 사진과 아이들의 얼굴을 대조하면서 이름을 불렀다. 그게 끝나자 나와 박정수를 불러냈다.

"너희 둘 중에 하나가 임시반장 해라. 한지수 너부터 애들 줄 세우고 열중쉬어 차렷도 시켜봐. 잘하는 사람이 임시반장이다."

"저는 초등학교 때 반장 부반장 한 번도 해본 적 없어요. 박정수 시키세요."

애들 앞에 나서는 것도 싫고, 또 결론은 뻔한 거니까 시간절약도 할 겸해서 담임에게 말했다.

"그래도 네가 우리 반에선 일등으로 들어왔는데…… 한번 아이들 줄 세우고 구령도 붙여봐. ……아무래도 박정수가 반장도 하고 회장도 해봤으니까 더 잘하겠지. 그럼 굳이 네가 하지 않아도 되지 않겠니?"

담임이 좀 곤란한 표정을 지으며 아이들 쪽을 힐끗 보았다.

'젠장 내가 하기 싫으면 안 하는 거지. 아이들 앞에서 박정수보다 못났다고 증명해 보이라는 거야 뭐야?'

나는 좀 화가 났다.

"일등 하는 거하고 반장 하는 거 하고는 아무 상관도 없잖아요? 반장은 반장 노릇을 잘할 사람 시켜야죠."

나는 좀 퉁명스럽게 말했다.

"그렇긴 하지. 그럼 지수 너 박정수가 반장해도 섭섭해하지 않을 거지?"

담임이 다짐을 주었다.

"예."

담임은 박정수가 임시반장이라고 알리고 몇 가지 필요한 사항을 전달한 다음 아이들을 해산시켰다.

"야, 왜 박정수가 반장이야?"

나와 같은 초등학교를 나온 패거리들이 몰려와 시비조로 물었다.

"내가 안 한다고 그랬어."

"정말이야?"

나는 고개를 끄덕거렸다.

"아이, 빙신!"

아이들이 고개를 살래살래 흔들며 저희들끼리 몰려갔다. 나는 왠지 좀 불길한 느낌이 들었다. 모래무지는 사람들의 시선을 끌면 잡혀서 매운탕감 될 일밖에 없다.

예비소집 며칠 후 입학식이 있었다. 입학식에 간 나는 깜짝 놀랐다. 예비소집 때는 보이지 않던 얼굴이 있었는데 그 아이는 바로 대선동 당숙의 막내 희수였다. 아이들은 희수가 거금을 내고 보결로 입학한 거라느니 갑부의 아들이라느니 숙덕거렸다. 나는 비로소 설날에 세배 갔을 때 일본 아주머니와 당숙이 반겼던 이유를 알 것 같았다. 아마도 희수가 같은 반이 된 것도 일부러 그런 것 같았다.

"여기서 만나는구나."

나는 희수의 어깨를 툭 치며 알은체를 했다. 희수는 겸연쩍은 표정을 지으며 고개만 까닥였다. 아이들이 질시와 경멸의 눈으로 보는 만큼 희수는 자격지심에 시달리고 있는 눈치였다. 나는 일본 아주머니와 당숙을 도저히 이해할 수 없었다. 왜 굳이 거금을 버리고 보결입학이라는 불명예를 감수하면서까지 희수를 이렇게 살벌한 학교에 보낸 걸까? 희수가 질시와 경멸의 눈길 속에서 겪을 고통을 생각이나 해본 걸까? 희수의 등장은 물론 나에게도 엄청난 부담이었다.

아니나 다를까 입학식 후 교실에서 갖는 담임시간이 끝나자 담임이 따라오라고 했다.

"너희 집 부자더구나?"

담임이 드링크제를 하나 건네며 나를 보고 웃었다.

"예? 아닌데요."

나는 깜짝 놀라 담임을 쳐다보았다.

"아니긴 뭐가 아니야. 희수 아버님이 너희 당숙이잖아?"

"그 집은 그 집이고, 우리 집은 우리 집인데요."

"자식, 희수 어머님 아까 왔다 가셨어. 희수 아버님이 외아들이라서 희수에겐 당숙하고 육촌 형제가 제일 가까운 친척이라고 하던데? 너희 큰형도 희수 아버님 회사에 일하고 있고 너하고 희수는 친형제나 다름없다고 하더라. 희수 어머님은 너만 믿는다고 했어. 당분간은 희수가 어려울 수도 있으니까 네가 잘 좀 보살펴 줘라."

나는 저절로 한숨이 나왔다.

'내 코가 석잔데 도와주긴 누굴 도와주란 말인가? 오늘 당장 저녁때까지 어디서 시간을 보내나 막막한 판에……'

나는 도서관에 간다는 핑계로 육촌 형 집에서 아침에 나와 저녁때 들어가곤 했다. 물론 시에 하나밖에 없는 도서관은 자리를 차지하기가 너무 어려워서 가지 않았다. 하루 종일 여기저기를 어정거리며 시간을 보냈는데 그게 보통 힘든 게 아니었다. 중학교 개학도 하기 전에 벌써 몸과 마음이 많이 지쳐 있었다. 학교 수업이 시작되어도 방과 후 어두워질 때까지는 어디선가 시간을 보내야 하는데 그 일이 까마득하게 느껴졌다. 나는 담임에게 대강 얼버무려 대답을 하고 교무실을 나왔다. 곰곰이 생각하니 좀 화가 나기도 했다. 친형제 같다니? 희수는 지난 설에 세배 갔다가 만난 게 태어나서 처음 본 거였다.

하지만 그뒤로 희수 자신이 나에게 부담이 되지는 않았다. 다행인지 불행인지, 반장이 된 박정수가 희수를 자기 패거리에 끼워주었기 때문이었다. 박정수 패거리는 말하자면 우리 반 강자들의 연합 같은 거였다. 공부를 아주 잘하거나, 완력이 있거나, 부자거나 한 아이들끼리 어울렸다. 희수는 그 패거리에서 물주 노릇을 하는 것 같았다. 물론 그 패거리 구성원들은 희수가 없는 자리에서 희수가 돈만 많은 돌대가리라고 심하게 씹어댔다. 그런 소리를 들을 때마다 희수가 좀 불쌍해 보이기도 했다. 하지만 희수가 그 살벌한 동네에서 살아가는 데 박정수 패거리에 끼는 것 이상의 방법도 없는 것 같았다.

미스터 하필 모래무지라? 참 재미있는 표현이구나. 아닌 게 아니라 모래무지로서는 참 최악의 상황이었겠다. (하하)

나 웃지 마요. 정말 심각했는데……

미스터 하필 부자로 오해까지 받았으니 정말 곤란했겠구나?

나 제일 곤란한 때는 수업료를 못 냈을 때였어요. 아무도 돈이 없어서 수업료를 못 낸다고 믿지를 않는 거예요. 담임이 수업료

타서 다른 데 쓴 거 아니냐고 얼마나 닦달을 하는지……

나, 회상에 잠겨 침묵.

12 사랑의 당구 큐대 : 회상 12

4월로 접어들면서 나는 영수 형 집에서 절뚝발이 당숙 댁으로 옮겼다. 큰형이 형편이 안 되어서 그런 건지 아니면 혼자 밥 끓여 먹는 자취보다는 그게 더 낫다고 생각한 건지는 알 수 없는 일이었다. 하지만 절뚝발이 당숙 댁이 영수 형네보다 더 나을 것도 없었다. 당숙 댁은 방이 두 갠데 작은방은 고등학교에 다니는 연수 누나가 쓰고 있고 안방은 당숙과 당숙모, 기수, 은수가 같이 쓰고 있었다. 거기다 절뚝발이 당숙이 일을 못 하는 터라 경제형편이 말이 아니었다. 당숙모가 허드렛일 나가는 것에 영수 형이 조금 보태는 걸로 겨우겨우 지내는 것 같았다. 내가 끼어들어갈 상황이 아닌 것만은 확실했다.

나는 벌써 이 개월째 아침 일찍 학교로 가서 학교가 끝난 뒤에도 컴컴해질 때까지 어디선가 시간을 때우다 거처로 돌아가는 생활을 계속하고 있었다. 일요일도 도서관에 간다는 핑계로 나와서 밖에서 시간을 보냈다. 이런 생활 때문에 몸이 몹시 지쳐 있었다. 그리고 마음놓고 쉴 곳이 없다는 게 정신적으로도 몹시 지치게 만들었다. 게다가 학교생활도 점점 힘들어지기 시작했다.

4월에 처음으로 모의고사를 봤는데 나는 칠십 명 중에 이십등 정도 했다. 초등학교 때처럼 수업만 잘 듣는 것 가지고는 잘 안 되는 모양이었다. 하기는 경쟁의 선수들만 모인 곳이니 그럴 만도 했다. 하지만 나는 굳이 그보다 잘하고 싶은 생각도 별로 없었다. T중학교에선 한 반에 밑에서 다섯 손가락 정도 빼고는 이른바 일류고인 T고등학교에 들어가니까 굳이 더 잘할 이유도 없다는 생각이었다. 그런데 담임이나 다른 애들은 생각이 다른 모양이었다. 시험 성적이 나온 날 종례시간에 담임이 날 앞으로 불러냈다.

"지수 너는 뭐가 부족한 게 있냐? 집도 잘살지, 머리도 좋지. 그런데 성적이 이게 뭐야? 엎드려! 일등으로 들어온 놈이 이십등이 뭐야, 이십등이?"

나는 한참 얻어맞았다. 일어나서 자리로 들어오는데 아이들도 내가 무슨 큰 사고나 친 것 같은 눈빛으로 쳐다보고 있었다. 정말 치리들하고 모래무지는 말이 다른 모양이었다. 모래무지의 말은 이십등이든 일등이든 지가 하고 싶은 일 할 수 있으면 되는 거지 무슨 차이가 있느냐는 거였다. 모래무지의 말은 우리 집 형제들의 말이기도 하고, 동네 아이들 패거리의 말이기도 했다. 우리 집 형제들은 다 달리 생겨먹어서, 저 나름대로 필요한 만큼 필요한 노력을 해서 다 다르게 그럭저럭 꾸려나갔다. 아버지 어머니도 공부는 남에게 떨어지지 않을 만큼 하면 된다는 주의여서 특출나야 한다고 닦달하지 않았다. 그건 동네 아이들 패거리도 마찬가지였다. 아무리 바보 같은 녀석이라도 다 저 나름대로 장기가 있었다. 나에게는 똑같은 시험으로 모두가 굳이 일등을 하려고 몸부림치는 세계는 무척 낯선 것이었다.

그런데 담임은 거기서 끝내지를 않았다. 담임은 담당 과목이 수학이어서 거의 매일 수업이 들어 있고, 어떤 날은 두 시간이나 들어 있었다. 담임은 으레 수업에 들어오면 내 이름부터 불렀다.

"한지수, 너는 일등으로 들어온 놈이 이십등이 뭐냐, 이십등이? 네가 부족한 게 뭐가 있어? 머리 좋지, 집안 환경 좋지. 부족한 건 노력뿐이야. 알아? 자, 이건 사랑의 매다."

하면서 내 머리 위로 당구 큐대의 손잡이 부분을 높이 들었다 떨어뜨렸다. 그러면 당구 큐대의 굵은 끄트머리가 빡빡 깎은 내 머리 위에서 여러 번 통통통통 튀는데 머리에 난 혹을 붙들고 한참 쩔쩔맬 만큼 아팠다. 그래도 처음에는 나도 인상을 잔뜩 찌푸린 채 웃었고 아이들도 웃었다. 하지만, 그게 일주일 넘게 습관처럼 이어지자 슬슬 넌덜머리가 나기 시작했다. 아이들도 더이상 웃지 않았다.

그러던 어느 토요일이었다. 나와는 소 닭 보듯 지내던 박정수가 뜬금없이 다가와 오늘 시간 있냐고 했다. 담임선생님 이사하는데 짐 날라주러 가자는 거였다. 그걸 무슨 특혜라도 주는 것처럼 이야기하는 게 뱅이 꼴렸지만 거절하기도 어려운 일이라 그러마고 했다.

그런데 막상 이사 들어가는 집에 가보니 짐은 거의 날라져 있는 상태였다. 각자 소소한 짐들 몇 개를 들여놓는 걸로 이사는 끝났다. 일이 끝나자 박정수가 아이들을 불러모았다. 박정수 패거리의 몇몇과 나와 '양선달'이라는 별명을 가진 아이가 있었다. 양선달은 성이 양씬데 '흥정은 붙이고 싸움은 말려라' 라는 속담에 딱 맞는 짓을 잘하는 아이였다. 그래서 반 아이들과 두루 잘 지냈다. 선달이란 별명도 그래서 붙은 모양이었다. 박정수 패거리에는 희수도 끼어 있었다.

"야, 짐 나를 것도 없는데 뭐 이렇게 잔뜩 불렀냐? 난 오늘 일찍 집에 가야 하는데……"

양선달이 별명에 어울리지 않게 박정수에게 툴툴거렸다.

"실은 말이야, 상의할 게 좀 있어서……"

박정수가 말을 꺼냈다. 박정수 패거리는 대강 무슨 이야긴지 아는 눈치였다.

"뭔데?"

"우리 담임선생님한테 수학 과외 받을 건데 지수하고 양선달 너희들도 같이 하자고."

박정수가 나와 양선달을 번갈아 보았다.

"과외? 그 얘기하려고 여기까지 부른 거야? 야, 우리 집은 그럴 돈 없어. 됐지? 나 간다."

나는 화가 나서 뒤돌아 걷기 시작했다. 박정수가 쫓아와 붙들었다.

"야, 담임이 너는 꼭 넣으라고 그랬어."

"참 내, 나는 사정이 안 된다니까."

"네 과외비는 희수네서 낼 수도 있잖아."

"내가 거지냐? 그리구 세상에 비럭질해서 과외받는 거지 봤냐?"

나는 화를 버럭 내고 다시 돌아서 걷기 시작했다.

"잘났다, 새끼야."

박정수가 뒤에서 툴툴거렸다.

"야, 한지수."

큰길로 접어드는데 또 누가 쫓아왔다. 양선달이었다. 나는 또 양선달이 버릇대로 흥정을 붙이러 오나 싶어 이마를 찌푸렸다.

"내가 과외받을 돈 있으면 이렇게 배고플 때 빵이라도 사먹지. 야, 진짜 너 돈 있으면 찐빵이라도 사먹자."

양선달이 내 어깨에 손을 얹으며 넉살 좋게 말했다.

"내가 돈이 어디 있냐?"

"그럼 좀 멀긴 하지만 우리 집에 가자. 오늘 우리 아부지 제사 거든. 뭐 좀 먹을 게 있을 거야. 우리 아부지 재작년에 돌아가시고 큰형이 사업한다고 남은 돈 거의 다 까먹었어. 그런데 과외라 니 기가 막혀서. 그래도 니네 집은 좀 형편이 되지 않냐, 당숙이 갑분데?"

"사촌끼리도 남남이어서 서로 땅 사면 배가 아프다잖냐. 오촌이 부자인 게 나랑 무슨 상관이야. 우리 집은 니네 집보다 더 어려워."

"그래?"

양선달네 집까지는 걸어서 한 사십 분 넘게 걸렸다. 양선달네 집은 허름한 주택가의 단독주택이었다. 큰 집을 팔고 이사 왔다고 하는데 그래도 양선달의 방이 따로 있었다. 우리는 너무 배가 고파 양선달 어머니가 애기상추를 넣고 비벼준 비빔밥을 한 양푼씩 먹었다.

　미스터 하필 *(웃으며)* 인생도처 유청산이라더니 그래도 친구가 생겨서 다행이구나.

　나 그게 무슨 말인데요?

　미스터 하필 인생 곳곳에 청산이 있다. 즉 살아가는 게 아무리 어렵다고 해도 살다보면 곳곳에 즐거움도 있다는 뜻이지.

　나 청산은 몰라도 모래무지는 곳곳에 있어요. *(나와 미스터 하필 하하 웃는다.)* 아이들은 겉으론 안 그런 것 같으면서도 곰곰이 들여다보면 어딘가 모래무지인 구석이 있어요. 맨 처음 나타난 모래무지는 김관호였죠. 담임이 분단장 시키려고 하니까 '울 엄니가유 반장이든 부반장이든 부장이든 그런 거는 공부에 거시기 된다구 일절 하지 말랬거든유' 해서 웃음바다를 만든 애요. 그리고 두번째로 나타난 모래무지가 양선달이에요. 그리고 세번째가 낙서광이었어요.

　미스터 하필 낙서광?

　나 김만수라고, 아주 이상한 곳에 낙서하는 게 취미인 녀석이 있었어요.

　나, 웃으며 회상에 잠긴다.

#13 낙서족 : 회상 13

5월 초에 중간고사를 보았다. 나는 또 이십등쯤 해서 담임에게 한 차례 얻어맞았다. 그런데 거기서 끝냈으면 좋으련만 빡빡 깎은 내 머리통은 모의고사 이후 벌써 두 달 가까이 수학시간마다 무사하지 못했다. 당구 큐대의 손잡이 부분이 상당한 높이로부터 낙하하여 내 머리통을 목탁 삼아 통통통통 튀었다. 나는 속으로 개새끼 씨발놈…… 온갖 욕을 해대며 가까스로 견디고 있었다. 그 욕의 길이는 날이 갈수록 늘어났다. 그건 내가 거의 참을 수 없는 한계에 이르렀다는 걸 뜻했다.

어느 토요일 수학시간이었다. 담임은 또 일등으로 들어온 놈이 이십등이 뭐야? 니가 뭐가 부족한 게 있냐? 운운하면서 빡빡 깎은 내 머리통 상공 일 미터 지점에 당규 큐대의 손잡이 부분을 고정시켰다. 바야흐로 당구 큐대의 폭격이 시작될 판이었다. 나는 또 무슨 주문처럼 속으로 욕을 하려 했는데 나도 모르게 욕 대신 엉뚱한 말을 중얼거렸다.

'아이 씨발, 내 평생 당구 같은 거 치나봐라. 내가 큐대 잡고 당구를 치면 내 손모가지를 잘라버린다.'

이상하게도 이 엉뚱한 말과 함께 가슴속에 억눌려 있던 분노가 폭발해버렸다. 나는 벌떡 일어나며 일 미터 상공의 당구 큐대를 한 손으로 콱 움켜쥐었다. 그리고 얼굴이 벌게져서 소리쳤다.

"그만 좀 하세요! 저는 공부 더 잘할 생각 없습니다. 이십등이면 T고등학교는 누워서도 들어가는데 왜 자꾸 그러세요?"

나는 너무 흥분이 돼서 그런지 손발이 벌벌 떨렸다. 담임은 너무 뜻밖이라 한순간 상황 이해가 잘 안 되는 것 같았다. 당구 큐대의 한쪽을 쥔 채 멍한 표정이었다. 그리고 서서히 얼굴이 붉어지더니 화를 벌컥 냈다.

"뭐? ……뭐라고? ……공부 더 잘할 생각 없다고? 뭐? ……이십등이면 T고등학교는 누워서도 들어가? 한―심한 놈! 너 그거밖에 안 되냐? 인마, 니가 뭐가 부족한 게 있어서 목표가 겨우 T고등학교에 들어가는 거야? 박정수 봐라. 벌써 서울법대를 목표로 열심히 하잖냐."

"박정수는 박정수고 저는 접니다. 저는 아직 커서 뭘 할지 생각해본 적 없습니다."

"한―심한 놈. 그렇게 공부가 싫으면 나가! 복도에 나가 손들고 서 있어!"

담임이 빽 소리를 질렀다. 나는 복도로 나와 손을 들고 서 있었다. 창밖 화단에 활짝 핀 백목련이 눈부시게 햇빛을 반사했다. 자세히 보니 만개를 넘어서 시든 꽃잎을 시나브로 떨어뜨리고 있었다. 떨어지는 꽃잎들은 끝부분이 검누렇게 시들어 썩어들어가는 것처럼 보였다. 문득 그 꽃잎들이 후두둑후두둑 내 가슴의 바닥으로 떨어져내리는 것 같았다. 그 꽃잎들이 닿는 곳마다 가슴의 한 구석이 함께 썩어들어가는지 몹시 아려왔다.

수업이 끝나자 양선달이 김만수와 함께 쏜살같이 복도로 나왔다.

"야, 너 멋지다. 말 잘했어. 아 씨발, 다 일등하고 다 서울법대 가라는 법이 어디 있냐?"

김만수가 엄지손가락을 세워올리다가 얼른 내렸다. 담임이 흘깃 사나운 눈길을 우리에게 던지고 교무실 쪽으로 총총히 사라졌다.

"지수 너 내일 영화 구경 같이 갈래? 공짜야."

만수가 목소리를 낮춰가며 물었다.

"영화? 정학 맞고 싶어 환장했냐? 왜 하필이면 내일이야? 내일 은 선생님들이 대대적으로 교외지도 나가니까 절대 영화관에 가 지 말라고 했잖아."

나는 의아한 표정으로 만수를 건너다보았다.

"그건 걱정 마. 만수 아버님이 영화배급사 하거든. 그래서 만수 가 극장에서 일하는 사람들 다 알아. 선생님들이 단속 나오면 극 장 아저씨가 득달같이 와서 알려줘. 정 불안하면 아예 영사실에 가서 봐도 되고."

양선달이 끼어들었다. 양선달 말을 들으니 만수의 차림새가 좀 이해가 되었다. 만수는 키도 작고 얼굴도 좀 검은 편이었지만 상 당한 멋쟁이였다. 교복을 처음부터 그렇게 맞춘 건지 줄인 건지 모르겠지만 몸에 딱 맞게 입고 다녔는데 늘 줄이 빳빳하게 서 있 고 깨끗했다. 모자도 차양을 적당히 구부리고 뒤쪽을 최대한 낮추 어 멋을 부렸다.

"그래?"

나는 입맛이 당겼다. 그러지 않아도 일요일 날 밖에서 혼자 시

120

간 보내는 게 힘들었던 터였다. 게다가 극장에서 보는 영화는 시골에서 천막 쳐놓고 보는 영화와는 달리 정말 실감이 났다.

"그런데 공짜인 대신 아침 일찍 만나야 해. 조조할인시간에 가야 하거든. 내일 열시에 T극장 앞에서 만나자."

내가 뭐라고 하기도 전에 만수가 결론을 내렸다.

"왜 그렇게 일찍 만나? 조조할인은 열한시 아냐?"

내가 토를 달았다.

"공짜로 들어가려면 부지런하기라도 해야지. 그리고 만수 취미활동할 시간도 있어야 하고……"

양선달이 말끝을 흐리며 빙글빙글 웃었다.

"취미활동?"

나는 묻듯이 양선달을 바라보았다.

"응, 만수 쟤 낙서광이야."

"낙서? 그럼 일찍 만나서 낙서하는 거야? 어디에 낙서를 해?"

"그건 내일 와보면 알아."

양선달이 만수 쪽을 힐끗 보며 빙글거렸다.

"하여튼 내일 보자. 열시."

만수가 피식 웃으며 말을 잘랐다.

다음날 열시에 나는 시내 중앙통에 있는 T극장 앞으로 갔다. 양선달이 먼저 와 있었고, 만수는 조금 늦게 나타났다.

일요일 아침 거리는 한산했다. 북적거렸던 토요일 밤의 쓰레기들과 토사물들을 내장처럼 드러내놓은 채 거리는 늦잠에 빠져 있었다. 그렇게 방심하고 있는 거리를 어슬렁거리는 것은 그런대로 괜찮은 일이었다.

"만수 너 어디다 낙서할 거라면서?"

나는 극장 앞 계단에 앉아 하품을 하는 만수를 내려다보았다.

"해야지. 그래야 일주일이 또 별 탈 없이 가지."

만수가 일어나 극장 입구로 갔다.

"안녕하세요."

만수가 검표하는 아저씨에게 다가가 뭐라고 하더니 우리에게 손짓을 했다. 우리는 괜히 주위를 두리번거리며 후다닥 극장 안으로 들어갔다. 만수는 극장의 측면 복도 쪽으로 우리를 데리고 갔다.

"양선달 너는 여기서 망을 보다가 누가 오면 신호해."

만수가 양선달을 측면 복도 들머리에 세웠다.

"도대체 어디다 낙서를 하는데 그래?"

나는 궁금증을 참지 못해 물었다.

"화장실."

만수가 씩 웃었다.

"화장실? 거기야 그냥 들어가 문 잠그고 낙서하면 되는 거 아니야?"

"글쎄 따라와보면 알아."

만수가 나를 화장실 쪽으로 끌고 갔다.

"너 이 앞에서 망보다가 양선달이 신호하면 알려줘."

만수가 이르고는 화장실로 쑥 들어갔다. 닫히는 문 가운데 치마를 걸친 여자 모양의 표시가 있었다.

"여자 화장실에 낙서하는 거였어? 하하."

나는 좀 어이가 없어 웃었다. 취미치고는 좀 괴상한 취미였다. 물론 시간이 일러서 화장실을 찾는 여자는 없었다. 하지만 좀 괴상한 짓이라 괜히 가슴이 조마조마했다. 만수는 무슨 낙서를 하는지 이십 분쯤 지나서야 여자 화장실을 나왔다.

"무슨 낙서를 한 거야?"

물었지만 만수는 대답 없이 빙글빙글 웃기만 했다. 양선달한테도 살짝 물어보았는데 무슨 낙서를 하는지는 자기도 모르지만 하여튼 거의 빼먹지 않고 일요일마다 극장 여자 화장실에 낙서를 한다고 했다. 나는 만수의 장난이 좀 재미있기도 했지만 한편으로는 좀 기분 나쁘기도 했다. 온 천지가 다 낙서할 수 있는 곳인데 왜 하필이면 여자 화장실이란 말인가. 또 그 앞에서 망을 보고 있는 나 자신은 얼마나 우스꽝스러운가.

"그런데 왜 하필이면 여자 화장실이냐?"

내 목소리가 만수에겐 좀 퉁명스럽게 들렸을 것이다.

"넌 내가 장난으로 이러는 줄 아냐?"

만수가 뜻밖에 심각하게 나왔다. 나는 깜짝 놀라 만수를 건너다보았다.

"처음엔 장난이었지. 그런데 한번 그런 뒤론 여자 화장실에 낙서를 안 하면 일주일 동안 불안해서 잠도 잘 안 오고 공부도 잘 안 되는 거야. 처음엔 왜 그런지 몰랐지. 근데 자꾸 그러다보니까 조금씩 기억이 나더라."

만수가 뜸을 들였다.

"뭐가 기억이 났다는 거야?"

양선달이 재촉을 했다.

"아주 어릴 땐데…… 우리 엄마를 마지막으로 본 게 극장 여자 화장실이었어."

"엄마를 마지막으로 보았다고?"

양선달이 의아한 눈빛으로 만수를 보았다.

"영화판이 그렇잖아. 우리 아버진 늘 여자가 많았어. 그래서 엄마랑 많이 싸웠을 거야. 하여튼 엄마가 화장실 문을 잠그고 울던 게 기억나. 나는 밖에서 훌쩍이며 엄마를 기다렸었지. 그런데 영화가 끝났는지 사람들이 우르르 들어오더라. 나는 이리저리 밀리다가 엄마가 들어갔던 화장실 문이 열리는 걸 보았어. 엄마 부르며 치마를 붙들었는데 다른 여자였지. 화장실에서 한참 울고 있었지, 아버지가 와서 데려갈 때까지. 그뒤론 엄마를 못 본 것 같아. 지금 엄마는 새 엄마야. 날 낳아준 엄마도 참 예쁘게 생겼던 것 같은데……"

만수의 눈이 물기에 젖어 반짝했다. 나도 문득 엄마 얼굴이 떠올라 콧마루가 시큰했다.

"그래서 그랬던 거구나."

양선달도 코 먹은 소리를 했다. 그런데 만수가 나와 양선달을 힐끗 살피더니 갑자기 깔깔거리기 시작했다.

"너희들 속았지? 하하, 그거 어떤 영화에 나오는 이야기였어."

만수는 미친 듯이 웃었다. 양선달과 나는 멍하니 만수를 지켜보았다. 만수가 정말 우리를 속인 건지 아니면 자기 상처를 보인 게 쑥스러워 짐짓 그러는 건지 알 수가 없었다. 만수는 웃다가 힘이 빠졌는지 밭은기침처럼 킥킥거렸다. 그건 웃음이라기보다는 울음에 가까웠다.

우리는 영화관을 나와 찐빵을 사먹고 만수와 헤어졌다. 만수네 집은 T극장 근처의 중앙통에 있었다.

"넌 어떻게 생각하냐? 만수가 우릴 속인 거 같아?"

양선달이 가라앉은 목소리로 물었다.

"아니, 만수 쟤 진짜 극장 여자 화장실에서 엄마와 헤어진 거 같아."

"그런 거 같지?"

"그런데 여자 화장실에 들어가서 무슨 낙서를 할 거 같냐? 엄마에게 무슨 쪽지 편지를 써놓는 것도 아닐 테고……"

"글쎄, 무슨 낙선지는 별 상관 없을 것 같은데. 어릴 땐 엄마 치마 끄트머리라도 붙들고 있으면 마음이 편안하잖아. 그런 거겠지 뭐."

"그나저나 너랑 나랑은 어쩔 수 없이 만수 저 자식 망이라도 열심히 봐줘야 할 것 같다."

양선달과 나는 마주 보며 웃었다.

미스터 하필 만수란 애도 참 안됐다. 그런데 만수란 애 집은 잘
사는 거 같다? 집이 중앙통에 있는 걸 보면?

나 예, 아버지가 풍으로 쓰러져 사업을 접긴 했지만 잘살아요.

미스터 하필 만수가 하는 낙서가 어떤 건지 정말 궁금한데. 끝내
못 봤니?

나 하도 궁금해서 양선달이 여자 화장실에 살짝 들어가본 적이
있긴 했어요. 그런데 어떤 게 만수가 한 낙선지 알 수가 없었대요.

미스터 하필 내 생각엔 낙서를 안 했을 수도 있을 거 같다. 그냥
가만히 앉아서 엄마와 가까이 있는 것 같은 느낌에 빠져들었을 수
도 있지.

나 (고개를 끄덕이며)……

미스터 하필 그런데 어떤 영화들을 봤냐?

나 양선달하고 나는 취향이 같았는데 만수는 좀 달랐어요. 만
수는 남자 여자가 연애하는 영화들을 좋아했어요. 양선달하고 나
는 다른 아이들처럼 서부영화나 전쟁영화 만화영화 같은 걸 좋아
했죠.

미스터 하필 만수란 애가 좀 조숙한 모양이구나.

나 만수만 유독 여드름이 제법 나기 시작했으니까 좀 그런 것
같아요. 그리고 길거리에서 예쁜 여자애들 보면 괜히 쫓아가 말도

126

걸고 그랬죠. 혼자는 쑥스러우니까 만날 양선달과 나를 꼬드겨 같이 다녔는데 사실 양선달과 나는 들러리였어요.

미스터 하필 너는 그럼 좋아하는 여자애 없니?

나 (웃으며) 좋아하는 누나가 있어요. 연적도 있는데요.

미스터 하필 그래?

나, 회상에 잠긴다.

#14 나의 연적, 멍게 형 : 회상 14

절뚝발이 당숙 댁이 있는 용머리는 T시의 외곽에 있었다. 거기서부터 학교까지는 걸어서 한 시간 가까이 걸렸다. 6월 초쯤이었다. 당숙 댁에서 나올 땐 구름이 낀 정도였는데 법원 가까이부터 소나기가 퍼붓기 시작했다. 법원부터 학교까지는 아직 이십여 분더 걸어야 했다. 비를 피하다간 한참 지각을 할 판이라 꼼짝없이 비를 맞으며 걸었다. 빗물이 금방 팬티 속까지 줄줄 흘렀다. 아직은 봄 날씨라 여름 교복에 비를 맞으니 몸이 덜덜 떨렸다. 걸음을 빨리하는데 뒤에서 누군가 불렀다.

"애, 애, 너 T중학교지?"

돌아보니 매점 누나가 우산을 받쳐들고 서 있었다. 매점 누나는 학교 매점 일을 도우면서 야간상고에 다니고 있었다. 아침엔 사복을 입고 출근하는데 오후엔 교복을 입고 퇴근했다. 매점 누나는 키가 약간 크고 호리호리했다. 얼굴이 희고 말라서 약간은 병약해 보였다. 아주 미인은 아니지만 수수하고 눈이 커서 착해 보였다.

점심때 매점에 가보면 배곯은 악머구리떼처럼 달려드는 남자애들을 그 가냘픈 몸매와 착한 심성으로 어떻게 감당하나 걱정이 되기도 했다.

"그렇게 비를 맞아서 어떡하니? 같이 쓰고 가자."

매점 누나가 우산을 받쳐주었다. 갓난아기 살냄새와 화장품 냄새가 뒤섞여 아릿하게 풍겨왔다.

"괜찮아요. 막 뛰어가면 돼요."

나는 괜히 얼굴이 빨개져서 웅얼웅얼했다.

"괜찮기는, 입술이 다 새파래졌는데. 이리 와."

매점 누나가 한 손을 내 어깨에 얹었다. 누나의 팔에서 내 어깨로 따뜻한 체온이 전해져왔다. 나는 숨을 크게 들이쉬고 숨을 꾹 참았다. 그렇게 하면 좀 덜 떨렸다.

"너 되게 추운 모양이구나."

매점 누나가 나를 꼭 끌어당겼다. 내 키는 머리가 겨우 매점 누나의 옆구리에 닿는 정도였다. 누나의 옆구리와 허리에서 따뜻한 온기가 전해져왔다. 고개를 들어보았다.

"좀 덜 춥지? 근데 너 밥 좀 많이 먹어야겠어. 너무 말라서 뼈밖에 없는 것 같다, 얘."

누나가 웃으며 나를 내려다보았다. 하얀 얼굴 밑으로 젖가슴이 봉긋이 솟은 게 보였다. 우산을 같이 쓰느라 한쪽은 비에 젖어서 젖가슴 위쪽이 살짝 비쳐 보였다. 나는 누나의 젖가슴을 만져보고 싶었다. 엄마의 젖가슴처럼 만지고 있으면 마음이 평화로울 것 같았다. 그리고 엄마와는 좀 다른 비릿한 느낌도 있었다.

학교 담이 멀리 보이는 데 이르자 비가 좀 뜸해졌다.

"이제 그냥 뛰어서 갈래요."

나는 빗속으로 후다닥 튀어나가 달리기 시작했다.

나는 만수 덕분에 화장실에 가면 낙서를 유심히 살펴보는 버릇
이 생겼다. 남자 중학교의 화장실 낙서는 대개 성적 백일몽을 소
재로 한 그렇고 그런 것들이었다. 그리고 학교 안의 여자들은 당
연히 낙서의 단골 소재로 오르내리기 마련이었다. 매점 누나도 간
혹 그 소재거리가 되었고, 도서실 지도교사를 겸하고 있는 젊은
영어회화선생은 단골 메뉴였다.

그런데 이른바 일류 중학교 애들은 작은 괴물 같은 구석이 있었
다. 엘리트의식으로 똘똘 뭉쳐져 있어서 매점 누나 같은 사람들을
꽹장히 무시했다. 물건을 살 때도 반말을 찍찍 깔기거나 욕을 해
서 매점 누나가 속상해할 때가 많았다. 그건 화장실 낙서에서도
마찬가지였다. 매점 누나는 크게 관심의 대상이 되지도 않았지만
등장하면 으레 마음대로 할 수 있는 하녀 같은 배역이었다. 나는
매점 누나를 소재로 한 낙서를 볼 때마다 지웠다. 그리고 심심하
면 지운 위에 낙서를 했다.

여기에 낙서했던 놈 또 그러다 걸리면 거시기 잘라버린다!

나는 매점에서 누나와 이야기한 적은 거의 없었다. 하지만 방과

후 도서실에 가면 대개는 매점 누나를 만날 수 있었다. 매점 누나는 그곳에서 그날 판 물건들의 계산을 맞추고 있었다. 내가 가면 누나는 알은체를 했다.

"애, 너 이거 먹고 살 좀 쪄라."

매점 누나는 으레 작은 빵이나 사탕을 장부 밑에서 꺼내주었다. 그런데 그럴 때마다 끼어들어 시비를 거는 삼학년짜리 형이 있었다. 덩치가 좀 있는 편인데 여드름이 벌겋게 얼굴을 뒤덮고 있어서 우리 낙서족 패거리가 붙여준 별명이 '멍게 형'이었다. 멍게 형은 도서반 반장이었다.

"나는 안 줘?"

내가 빵이나 사탕을 받으려고 할 때마다 멍게 형은 곧 여드름 화산들이 폭발하여 고름을 찍찍 뿜어낼 것 같은 얼굴을 디밀었다.

"애, 여드름 옮는다. 얼굴 좀 저리 치워."

매점 누나는 그때마다 질색을 하며 퉁을 먹였다. 그래도 멍게 형은 넉살 좋게 헤헤거리며 한사코 끼어들었다.

그러던 어느 날이었다. 수업이 끝나고 도서실에 들어가려는데 멍게 형이 막았다.

"너 오늘부터 도서실 출입금지야."

"왜요?"

나는 깜짝 놀라 멍게 형을 올려다보았다.

"왜요는 마, 일본놈 담요야. 선배가 그렇다면 그런 줄 알아야지."

"그런 게 어디 있어요? 나 여기 아니면 저녁때까지 시간 보낼 데도 없는데……"

"이 자식이, 가라면 가지 왜 이렇게 말이 많아?"

멍게 형이 내 어깨 앞쪽을 탁탁 쳐 밀어냈다. 나는 하는 수 없이 돌아서 나왔다. 멋대로 횡포를 부리는 게 불쾌했지만 그렇다고 멍게 형에게 화가 난 건 아니었다. 멍게 형은 매점 누나를 정말 좋아하는 모양이었다. 말하자면 나의 연적인 셈이었다. 하지만 내가 멍게 형을 정말 연적으로 생각해서 질투를 느끼거나 한 건 아니었다. 매점 누나에 대한 나의 감정은 엄마와 여자의 중간, 그러니까 누나에 대해 느끼는 감정 비슷한 거였다. 그래서 그런지 오히려 멍게 형의 순진함이 기특하게 여겨지기도 했다. 야간상고에 다니고 사환이라고 해서 사람 취급을 안 하는 작은 괴물들에 비하면 참 신통한 인간이란 생각이 들었다.

다음날은 양선달과 만수에게 사정을 이야기해서 함께 도서실에 갔다. 양선달과 만수는 나의 연적에 대해 호기심이 동했는지 흔쾌히 따라나섰다. 우르르 몰려들어가는 통에 멍게 형은 나를 막지 못했다. 간간이 우리 쪽을 째려볼 뿐이었다. 그날은 매점 누나도 무슨 일이 있는지 안 와 있었다.

다음다음날은 양선달과 만수에 관호까지 끼어들었다. 이 정도면 지가 어떻게 막으랴 싶어 어깨를 펴고 갔는데 멍게 형도 오기가 뻗칠 대로 뻗친 모양이었다. 도서반 반원들이 주르륵 나와 우리를 막아섰다.

"도대체 왜 못 들어가게 하는 거야?"

만수가 시비조로 나가자 도서반원들도 뻣뻣하게 맞섰다. 그러자 양선달이 나섰다.

"아니 그게 아니고……"

양선달은 얼굴부터 둥글둥글한 게 웃는 상이었다. 양선달이 웃으며 주물러대자 도서반원들의 대오가 흐물흐물해졌다. 이제 들어갈 수 있으려나보다 하는데 멍게 형이 나타났다. 도서반원들의 자세가 도로 뻣뻣해졌다. 도로아미타불이었다.

"이 자식들 한번 맞아볼래? 도서반장이 안 된다면 안 되는 거지 웬 말이 그렇게 많아?" 그러지 않아도 여드름으로 벌건 멍게 형의 얼굴이 더 뻘게져 있었다.

"T중핵교 학생이 T중핵교 도서실에 들어간다는디 막을 이유가 워디 있슈? 도서반 반장 허락을 받어야 들어갈 수 있다구 워디 교칙에라두 나와 있남유?"

눈만 꿈벅꿈벅하고 있던 관호가 사투리를 잔뜩 써가며 꼬치꼬치 따지기 시작했다. 우리가 관호에게 붙여준 별명은 타조였다. 키가 껑충한데다 목이 길고 머리가 작은 편이어서 영락없는 타조였다. 그 작은 머리에서 큰 눈이 꿈벅일 때면 사막에서 타조가 먼 곳을 살피는 모양 그대로였다. 타조가 그렇게 살피다가 한번 목표를 정하고 달리기 시작하면 워낙 고지식하게 달려서 아무도 막을 수가 없다. 멍게 형은 사투리를 써가며 인정사정 볼 것 없이 고지식하게 달려드는 타조에게 밟혀 파김치가 되었다. 우리는 시간은 좀 걸렸지만 도서실에 들어갈 수 있었다. 매점 누나는 연신 우리 쪽을 바라보며 실실 웃었고, 멍게 형은 도끼눈을 뜨고 째려보다가 툭하면 다가와서 까탈을 부렸다.

 그 일이 있고 나서 며칠간 나는 다른 일 때문에 도서실에 가지 못했다. 그러다가 복도에서 멍게 형을 만났는데 멍게 형이 뜻밖에 반겼다.
 "너 왜 요새는 도서실에 안 오냐?"
 "예?"
 "내일이라도 한번 와라. 내가 한턱낼게. 매점 누나하고 같이 빵이라도 먹자."
 나는 갑자기 돌변한 연적의 태도에 꼭 도깨비에게 홀린 것만 같았다. 매점 누나하고 진짜 사귀기로 했나 싶었다.

 미스터 하필 그래도 낙서족도 결성하고 연적까지 등장하고 학교 생활에 꽤 잘 적응한 셈이구나. 그렇지…… 사람은 그렇게 단순한 동물이 아니야. 겉으론 치리 같아 보여도 속을 들여다보면 꼭 그렇지만도 않고, 또 모두 치리로 만들어보려고 아무리 애를 써도 그렇게 되는 것도 아니고…… 그렇지.
 나 개천 정비한다고 시멘트 발라놓아도 좀 지나면 다시 모래도 쌓이고 모래무지도 생기고 그러잖아요. 시간이 지날수록 학교생활은 괜찮았어요. 갈수록 모래도 점점 많이 쌓이고 모래무지도 많이 생겼으니까요.

미스터 하필 그런데 왜 나를 만났을 땐 그렇게 심각해져 있었냐?

나 (우울하게) 6월 들어서 다시 학교생활이 힘들어졌어요. 우리 식구들하고 끈이 닿지 않게 된 빚쟁이 아주머니들이 학교로 많이 찾아오기 시작했거든요. 내가 T시에 남아 있는 유일한 끈 같은 거였으니까요. 하루건너 한 번씩은 수업시간에 등나무 밑으로 불려나가 닦달을 당하곤 했어요. 아이들에게 창피하기도 하고, 또 닦달을 당하는 것도 싫고…… 제일 끔찍한 건 거의 매일 사람의 밑바닥을 들여다봐야 한다는 거였어요. 그 아주머니들은 빚쟁이가 되기 전까지는 우리 집하고 가까운 분들이었어요. 또 대개는 많이 배운 분들이었고요. 그래서 전에는 인자하고 교양 있는 모습만 보았었죠. 그런데 학교로 찾아와서 닦달을 할 때는 전혀 달랐어요. 악을 써대기도 하고 욕을 해대기도 하고 때로는 멱살을 잡고 흔들기도 하고…… 그 밑바닥이 너무 어둡고 깊어 보여서 사람이 이런 거라면 세상에 무슨 희망 같은 게 있을 수 있나 하는 생각이 들곤 했어요. 거기다 또 나로선 충격적인 사건도 있었어요.

미스터 하필 (한숨을 쉬며) 그랬구나.

나 (우울한 표정으로 회상에 잠기며)……

#15 평화파 외계인의 몰락 : 회상 15

6월 초순에서 중순으로 접어드는 어느 날이었다. 빚쟁이 아주머니가 4교시에 또 교실 문을 똑똑 두드렸다. 수학시간이어서 담임이 문을 조금 열고 아주머니와 이야기를 주고받았다.

"한지수, 나가봐라."

다른 교과 담임 선생님들은 대개 잘 모르고 '한지수, 어머님 오셨다. 나가봐라'고 했다. 그래서 아이들이 와— 하고 웃을 때가 많았다. 오는 사람마다 어머니면 나는 어머니가 여럿이 되는 셈이었기 때문이다. 그런데 담임은 눈치를 챈 것 같았다. 어두운 표정으로 나를 바라보았다.

나는 또 등나무 밑 벤치에서 아주머니의 하소연을 듣는 둥 마는 둥 하다가 교실로 돌아왔다. 뒤늦게 도시락을 까먹고 있는데 박정수가 다가왔다.

"너 담임이 오래."

나는 내키지 않는 걸음으로 교무실로 갔다. 담임은 모처럼 부드러운 목소리로 의자에 앉으라고 했다.

"미안하구나. 네 사정을 몰라서……"

아마도 내가 수업료를 집에서 받아 까먹은 게 아니냐고 닦달했던 걸 두고 하는 말 같았다.

"어렵겠지만 박정수처럼 목표를 확실히 정해서 열심히 해라. 너는 뭐든지 할 수 있어. 어릴 때 고생이야 사서도 하는 거다."

나는 가능하기만 하다면 박정수같이 이미 어른들이 정해놓은 확실한 길을 따라 단순하게 살았으면 좋겠다는 생각을 하고 있었다. 나는 다른 사람에게 하는 말수는 급격히 줄어들었지만 거꾸로 마음속에는 봄날의 올챙이떼처럼 기하급수적으로 말들이 불어나 바글거리고 있었다. 그렇게 실마리를 찾을 수 없을 지경으로 뒤얽힌 생각의 더미를 끌어안고 산다는 것은 그게 무슨 일을 하는 것이든 무척 괴로울 것 같았다. 될 수 있으면 벗어나고 싶었다.

하지만 내 안에서 바글거리는 말들에서 벗어나 단순하게 산다는 게 가능해 보이지 않았다. 그러기에는 어른들의 세계가 나에게 이미 너무 부정적인 것으로 각인되어 있었다. 나 자신을 속이지 않는 한 어른들이 정해놓은 확실한 길을 따라 단순하게 산다는 건 가능하지 않았다.

"그리고 너 2기분 수업료 아직 안 냈지? 그거 희수네 집에서 도와줄 수도 있는 거 아니냐? 내가 희수 어머님한테 얘기해보련?"

"아뇨."

"왜? 남남도 아닌데 어떠냐?"

"그 집은 그 집이고 우리 집은 우리 집이에요."

나는 딱 끊어서 말했다. 담임은 잠시 말없이 나를 바라보았다.

"하기는 돈보다야 자존심이 훨씬 더 큰 힘이 되지. 그리고 ……교장선생님이 부르는 것 같더라. 가봐라."

"예."

나는 교무실을 나와 교장실을 향해 복도를 걸었다. 얼굴이 저절로 찌푸려졌다. 수업료 납부 실적이 무슨 학교 평가점수에라도 들어가는지 선생님들은 매일매일 수업료 미납자를 챙겼다. 특히 우리 학교 교장은 수업료 잘 걷기로 유명한 사람이었다. 다른 학교 교장들은 안 그러는데 우리 학교 교장은 막판엔 수업료 미납자들을 교장실로 불러 직접 닦달을 했다.

교장실 앞엔 십여 명의 아이들이 무슨 죄인처럼 고개를 숙이고 서 있었다. 내가 좀 늦었는지 내가 줄 끝에 서자마자 서무과장이 교장실의 문을 열었다. 교장이 수업료를 안 내면 곧 6월 마지막 주엔 등교정지를 시키고 7월 초에 보는 기말고사도 볼 수 없게 하겠노라고 엄포를 놓았다. 그리고 차례차례 이름을 부르며 서류를 뒤적였다. 가정환경 조사서를 보는지 아버지 어머니 직업 등에 대해 묻고 좀 모욕적인 말을 한마디씩 했다. 나는 속으로 욕을 하며 창밖을 보고 있었다. 내 차례가 되었다.

"한지수, 니 아버님은 전기회사 출장소 소장이시구나?"

"예."

"그런데 수업료도 못 낼 정도면 니 아버지가 무능한 거야."

순간 불덩어리 같은 게 머리로 솟구쳐올랐다. 나는 바짓주머니의 손칼을 움켜쥐었다. 그 손칼은 초등학교 오학년 때 동네 아이들과 대못을 기차 바퀴 밑에 눌리게 해 만든 것이었다. 나는 그 손칼을 무슨 호신 부적처럼 늘 가지고 다녔다. 찌르고 싶은 충동이 손을 부르르 떨게 했다.

"허, 이 녀석 태도 좀 봐라. 뭘 그렇게 쏘아봐? 손은 바짓주머니에 처넣고?"

교장의 말에 서무과장이 다가와 등을 툭 쳤다. 나는 슬그머니 손칼을 놓고 손을 뺐다. 머리로 뻗쳐올랐던 불덩어리가 쑥 내려갔다. 피가 한꺼번에 몸을 빠져나가는 것처럼 한기가 들었다.

'개새끼, 등교정지를 시키든 시험을 못 보게 하든 하면 되지, 함부로 지껄이고 지랄이야? 니가 그런 말할 자격이나 있어?'

나는 속으로 중얼거리며 교장실을 나왔다.

여름이 가까워지며 해는 길어질 대로 길어져 있었다. 수업을 마치고 학교 문을 나서는데 해가 중천에서 조금 기운 정도였다. 하늘이 맑고 햇볕이 따뜻했다. 그 솔밭 밑 너럭바위에 혼자 누워 뒹굴뒹굴하기 좋은 날이었다.

맹수들은 싸우다 전투력을 잃을 정도로 상처를 많이 입으면 아무도 접근할 수 없는 장소를 찾는다. 그곳에 혼자 웅크리고 혀로 제 상처를 핥으며 생존을 위한 최소한의 전투력을 회복해야 한다. 나만의 장소인 솔밭 밑 너럭바위는 나에게 그런 장소였다. 그렇기 때문에 그곳에 가는 것은 한가하게 쉬러 가는 게 아니었다. 나의 매일매일은 거의 전투에 가까웠기 때문에 내일을 위한 최소한의 전투력을 회복해야 한다는 절박감 같은 게 있었다. 믿을 수 있는 건 내 네 발의 근육과 발톱뿐이었고, 그 근육에 다시 힘을 불어넣을 수 있는 건 내 혀밖에 없었다.

나는 그 솔밭 밑 너럭바위에 갈 작정으로 고개를 숙인 채 건널목을 건너고 있었다.

"너 한지수 아니냐!"

누군가 내 어깨를 툭 치며 반갑게 소리쳤다. 고개를 들어보니 육학년 때 담임이었던 목선생님이었다.

"선생님……"

지구 정복파 외계인들 속에서 지내다가 모처럼 평화파 외계인을 만난 터라 눈물부터 핑 돌았다.

"저리 좀 건너가자."

목선생님은 내가 오던 쪽 인도 한구석으로 나를 데리고 갔다.

"어째 더 마른 것 같구나? 어머니는 잘 계시냐?"

나는 눈물이 거의 없는 편이었는데 이상하게 어머니란 말을 듣는 순간 눈물이 쏟아져나오기 시작했다. 아무래도 모처럼 평화파 외계인을 만나는 바람에 무장해제된 모양이었다. 압축공기처럼 몸속 어딘가에 눌려 있었는지 한번 나오기 시작한 눈물은 걷잡을 수가 없었다. 나는 소리내어 울기 시작했다.

"왜? 무슨 일 있니? 무슨 안 좋은 일이라도 있는 거야?"

목선생님이 놀라서 물었다. 나는 우느라고 변변히 대답도 못 했다. 한 십 분 넘게 그러고 있었던 모양이었다. 목선생님은 나를 달래보려 애쓰다가 소용이 없자 무척 당황하는 눈치였다.

"이거 내가 급한 약속이 있어서 말이야."

연신 시계를 보면서 같은 말을 반복하다가 내 머리를 쓰다듬어주고 돌아섰다. 시내 쪽으로 걸어가면서 여러 번 뒤를 돌아보았다. 나는 울면서 고개만 꾸벅했다.

그러고 나서 이삼 일 뒤였다. 육학년 때 같은 반이었던 쌍둥이 철호와 철수가 우리 반으로 찾아왔다. 철호와 철수는 둘 다 덩치도 좋고 축구 야구 가릴 것 없이 잘하는 스포츠맨들이었다. 씩씩하고 의리가 있어서 반 아이들이 모두 좋아했었는데 그날은 왠지 어두운 표정이었다.

"너 육학년 때 담임선생님 소식 들었냐?"

철호가 말을 꺼냈다.

"목선생님이 왜? 엊그제 학교 앞 건널목에서 만났는데."

"돌아가셨어."

철호가 말했다.

"뭐? 돌아가셨다고?"

"자살이래. 빚을 많이 지셨나봐."

철수가 침울하게 중얼거렸다. 나는 자리에 털썩 주저앉았다. 물에 빠져 허우적대다가 무언가 의지할 만한 걸 잡았는데 그게 전혀 의지할 만한 게 못 되어 물속으로 쑥 빠져들어가는 느낌이었다. 그리고 이어서 죄책감이 찾아왔다. 내가 물에 빠져 허우적대는 사람 발목을 잡아당겨 아예 빠져 죽게 만든 건 아닌가 하는 생각이 들었다. 학교 앞에서 만났을 때가 자살하시기 이삼 일 전이었다는 얘긴데 하필이면 그때 선생님을 붙들고 통곡을 하다시피 했으니……

철호는 자살이라서 그런지 아이들은 장례식에 오지 못하게 한다고 했다. 그래서 오는 토요일에 육학년 때 교실에서 같은 반이었던 아이들 몇몇이 돈을 모아 추모행사를 갖기로 했다는 것이었다. 나는 만수에게 돈을 꾸어 철호에게 건넸다.

　토요일 날은 아침부터 잔뜩 흐려 있었다. 학교 수업이 끝났을 때는 비가 쏟아지기 시작했다. 우리는 학교에서 시간을 좀 보내다가 K초등학교를 향해 출발했다. 일고여덟 명쯤 되었다. 초등학교 앞에서 다른 중학교에 간 아이들 네댓 명과 합쳤다. 철호와 철수는 초등학교 문방구에 맡겨놓았던 물건을 찾아왔다. 어디에서 구했는지 선생님 사진과 과일, 초, 향 등이 봉지에 담겨 있었다.
　우리는 우리 반이 있던 건물로 갔다. 건물 안으로는 들어갔는데 교실에는 자물쇠가 채워져 있었다. 철수가 열쇠를 가지러 갔다가 용인 아저씨와 함께 왔다.
　"교장선생님한테 말씀드렸는데 절대 안 된단다. 돌아가라."
　용인 아저씨가 교실 문을 막아섰다.
　"왜 안 돼요?"
　"말도 안 돼. 이 학교 선생님이었는데……"
　아이들이 와글와글했다.
　"얼른 가, 이 녀석들아!"
　용인 아저씨가 엄포를 놓았다.
　"야, 창문이라도 열고 들어가."
　용인 아저씨 혼자 여러 아이들을 막을 수는 없었다. 아이들이 유리창을 열고 교실로 들어가 교탁에 상을 차렸다. 용인 아저씨가 문을 따고 들어와 교탁에 차린 상을 흩뜨리려 했다.

"놔둬요!"

철호와 철수에 이어 나와 몇몇 아이들이 용인 아저씨에게 달려들었다. 꼭 거인과 난쟁이들이 싸우는 것 같았다. 한참 엎치락뒤치락하다가 용인 아저씨가 밑에 깔렸다.

"야 이놈들아, 너희들은 에미 애비도 없냐!"

용인 아저씨가 꽥 소리지르는 바람에 아이들이 주춤 뒤로 물러났다.

"나도 이놈들아, 이러고 싶어 이러는 거 아니다. 너희들 때문에 나 학교에서 쫓겨나면 우리 식구 너희들이 먹여 살릴래?"

"……"

"이렇게 하자. 초하고 향은 피우지 마라. 그리고 교장선생님 댁에서 오실지도 모르니까 얼른 절만 하고 가거라."

우리는 죄 없는 용인 아저씨와 계속 싸우기도 뭐해서 그러기로 했다. 차례로 나와 선생님 사진을 향해 두 번씩 절을 했다.

"너희 선생님도 참 안됐다. 그렇다고 자살까지야……"

교실을 나오는 우리의 등에 대고 용인 아저씨가 웅얼거렸다.

우리는 건물 현관에 서서 장대비가 쏟아지는 운동장을 한참 동안 멍하니 바라보았다. 비가 정말 퍼붓듯이 오고 있었다. 낮인데도 저녁처럼 컴컴했다. 번개가 간간이 번쩍번쩍 하늘을 가르고 지나갔다. 가슴이 답답했다.

"아이, 씨―발―!"

철호가 갑자기 길게 소리치며 쏟아지는 빗속으로 달려나갔다. 누가 먼저랄 것도 없이 아이들이 뒤를 이어 달려나갔다.

육학년 때 담임의 일로 나는 어른들의 세계로 향한 문을 거의 닫아버리다시피 했다. 거기엔 먹고 먹히는 정글 이외엔 아무것도 없는 것 같았다. 그리고 독식과 탐욕을 화려하게 위장하는 위선과 기만만이 독버섯처럼 자라고 있는 것 같았다. 어른들의 세계가 그런 거라면 굳이 그런 세계에 살아야 할 이유가 있는가 하는 생각도 들었다. 그렇다고 어린애들의 또래 친구들 세계로 돌아갈 수 있는 것도 아니었다. 또래 친구들의 세계는 이미 사라졌고, 그리고 사라지지 않았다고 해도 돌아갈 수 있는 게 아니었다.

내 안에 바글거리며 나날이 증식하고 있는 말들은 완전히 길을 잃고 말았다. 흘러나갈 길을 찾지 못하고 내 안에 고여 부글부글 끓고만 있었다. 그것은 전투력을 잃고 아무도 접근할 수 없는 장소에 홀로 웅크리고 있는 맹수의 언어였다. 나는 그 무렵부터 노트에 낙서를 하기 시작했다. 나의 낙서는 자기 상처를 핥는 맹수의 혀와도 같은 것이었다. 나의 낙서는 '걱정 마. 네 안에 뭔가 대단한 게 있어'라는 자기암시이기도 했고, '그러니까 포기하면 안 돼'라는 나 자신을 향한 절박한 호소이기도 했다.

미스터 하필 *(심각하게)* 그런 상황에서 나를 만났다…… 얽혀도 아주 단단히 얽히고 말았구나.

나 (무언가 생각하는 듯한 표정으로) 이젠 어떻게 해야 돼요?

미스터 하필 네 안에 고여 있는 말들을 어디론가 흘러가게 해야지.

나 그건 나도 그렇게 느끼고 있었어요. 어떻게 하면 흐르게 할 수 있어요? 어디로요?

미스터 하필 그건 나도 잘 모르겠구나.

나 (얼굴을 찡그리며 투정하듯) 그럼 어떡해요? 나도 모르고 미스터 하필도 모르면……

미스터 하필 (고개를 갸웃거리며) 내 생각엔 아무래도……

나 (다그치듯) 내 생각엔 뭐요?

미스터 하필 네가 아직 이야기하지 않은 게 있는 것 같구나.

나 (생각하듯 얼굴을 찌푸리며) 말하지 않은 게 있다고요? …… (툴툴거리듯) 그런 거 없어요.

미스터 하필 한번 잘 생각해보렴.

문득 악취인지 향기인지 알 수 없을 정도로 희미해진 부패의 냄새가 내 코끝에서 사라졌다. 그날 밤 나와 미스터 하필의 대화는 그렇게 끝났다.

미스터 하필과 대화를 나눈 다음날은 토요일이었다. 조례가 끝나고 담임이 불러 교무실에 갔다. 담임이 편지봉투에 든 가정통신문을 건네주었다.

"등교정지 통지서다. 월요일부터 등교정지로 되어 있지만 상관말고 학교에 나오너라. 공부하겠다는데 막을 사람이 어디 있겠니? 열흘 뒤가 기말고사니까 그 전날까지만 갖다내면 된다."

나는 잘되었다 싶었다. 월요일부터 학교에 나오지 않아도 되니 아버지가 있는 시골에 가든 엄마를 찾아가보든 하여튼 어딘가 가볼 작정이었다.

그날 저녁밥을 해먹고 뒹굴거리고 있는데 대문 소리가 났다. 대문을 열자 영수 형이 자전거를 끌고 들어왔다. 술냄새가 훅 풍겼다. 나는 또 영수 형이 바둑을 두러 왔으려니 했다. 방으로 들어가 바둑판부터 꺼냈다. 영수 형은 이제 막 바둑을 배우고 있었다. 나는 8급 정도여서 영수 형이 아홉 점을 깔고 두었다. 아홉 점을 깔고 두는 접바둑은 상수인 나에겐 재미가 없었지만 영수 형이 워낙 열을 올리는 터라 밤을 새우는 날도 있었다.

"바둑판은 치워라."

영수 형의 얼굴이 굳어 있었다. 영수 형은 속없이 좋은 사람이어서 좀처럼 그러는 일이 없는 터라 나는 좀 의아했다.

"너 똑바로 대답해야 한다. 너 여기서 담배 피우고 술 마신 적 있냐? 없냐? 그리구 이 방 저 방에 촛불도 켜놓고 그랬었냐?"

나는 고개를 흔들었다.

"정말이야? 확실하지?"

나는 고개를 끄덕였다.

"그럼 다른 사람이 그런 적은 있냐?"

고개를 끄덕였다.

"그게 누구야? 너 확실히 말해. 그게 누구든 지금 감싸줄 상황이 아니야."

나는 입을 뻐끔거리며 내 목을 가리켰다.

"왜 목이 아파?"

영수 형이 눈을 크게 떴다. 나는 고개를 끄덕였다.

"편도선이 심하게 부은 모양이구나. 그럼 약이라도 사오게 전

화를 하지, 인마. 그럼 고개를 끄덕이거나 흔들기만 해. 술 먹고
담배 피운 거 희수지?"

　나는 고개를 끄덕였다. 시험 볼 때가 가까워지면 일본 아줌마는
같이 공부하라고 희수를 내게 보냈다. 내가 있는 귀곡산장은 희수
네와 담을 끼고 붙어 있었다. 귀곡산장이 희수네 집보다 지대가
오륙 미터 정도 낮았다. 담에 작은 쪽문이 나 있어서 희수네서 그
문을 열고 계단을 서너 개 내려오면 작은 동산의 꼭대기였다. 희
수는 그 문으로 드나들었다.

　하지만 희수는 T중학교에 보결로 들어오면서부터 오히려 공부
와 더 담을 쌓게 된 것 같았다. 희수는 귀곡산장에 올 때마다 친구
들을 불러들여 그 미로 같은 복도 어디엔가 붙어 있을 방에서 떠
들며 놀곤 했다. 술 담배도 많이는 안 해도 조금씩은 하는 것 같았
다. 한번은 박정수 패거리를 데리고 온 적도 있었다. 그날은 공포
체험을 한다고 구석진 방을 하나씩 차지하고 들어앉았었다. 촛불
은 아마 그때 켰을 것이었다. 그리고 언젠가 내가 집을 비웠을 때
는 무슨 연합 서클 모임을 한다고 여자애들도 왔던 적이 있었다.

　희수도 그렇게 행복해 보이지만은 않았다. 박정수 패거리가 왔
다 돌아간 아침에 일어나보니 희수는 뒷마당에서 담배를 피우고
있었다. 잠을 못 잤는지 좀 꺼칠해 보였다. 담배를 다 피우고 물로
여러 번 입을 헹구어냈다. 집에 가기 전에 냄새를 없애려는 모양
이었다. 나는 희수에게 모처럼 속에 있는 말을 했다. 박정수 패거
리가 뒤에선 별 이야기를 다 하니까 같이 어울려도 속까지 다 내

주지 말라는 요지였다. '알고 있어' 하며 돌아보는 희수의 표정이 몹시 외롭고 쓸쓸해 보였다.

"내 그럴 줄 알았어. 니가 술 담배 할 애냐? 그리구 니가 술 담배 하려 해도 돈이 어디 있겠어? 일본 아줌마가 오늘 낮에 전화했다. 네가 친구들 불러들여 담배 피우고 술도 마셨대. 촛불을 켜서 그을려먹기까지 했다고 내보내야겠다고 하더라. 뒤쪽에 한번 가 보자."

귀곡산장의 집은 뒤쪽으로는 못 가게 복도를 중간에 막아놓았다. 그러니까 나는 집 앞쪽의 온돌로 개조한 방 하나와 마루의 일부만 쓰고 있는 셈이었다. 뒤쪽은 전깃불도 없고 폐허가 되어 있어서 나는 거의 가지 않았다. 그곳은 희수가 데려오는 아이들의 놀이터였다.

영수 형과 나는 손전등을 들고 집 뒤쪽으로 갔다. 뒷마당 장독대 아래 소주병과 모아놓은 쓰레기가 보였다.

"낮에 일본 아줌마가 치운 모양이다. 아이구 이 자식들, 호기심에 한번 해본 정도가 아니네. 많이도 마시고 피워댔어."

영수 형이 손전등으로 모아놓은 병과 쓰레기를 비추며 중얼거렸다.

집 뒤쪽에는 작고 큰 다다미방들이 참 많았다. 내가 쓰고 있는 곳은 정말 그 집의 아주 일부에 불과했다. 여기저기 손전등을 비춰보았다. 코너에 있는 골방의 벽지 한쪽이 검게 그을려 있는 게 눈에 들어왔다.

"잘못하면 불날 뻔했다. 니가 이런 거면 이 집에서 쫓겨나도 할
말 없겠다."

영수 형이 혀를 찼다.

영수 형은 가방에서 소주병과 대구포를 꺼냈다. 그렇게 취한 것
같아 보이진 않았는데 술을 꽤 한 모양이었다. 혼자 술잔을 기울
이며 말이 많아졌다.

"내 더러워서 한잔해야 되겠다. 일본 아줌마가 전화에다 대고
얼마나 소리를 지르던지 원. 사실 말이야, 이 집에 대해서는 대선
동 당숙이나 일본 아줌마가 뭐라고 할 수 있는 처지가 아니다. 너
똑똑히 들어둬. 너 이 집이 어떤 집인지 아냐?"

나는 호기심이 생겨 영수 형을 쳐다보았다. 그러지 않아도 희수
네 집과 귀곡산장 사이에 왜 쪽문이 있는지 궁금했던 터였다. 그
문은 만든 지가 아주 오래된 것 같았다. 근래에 대선동 당숙이 이
귀곡산장을 산 거라면 거기에 그렇게 오래된 쪽문이 있을 리가 없
었다.

"해방되고 대선동 큰할아버지가 상해에서 나와서 여기서 죽 지
내셨다. 그 할아버지 살아 계실 때 용머리 큰아버지하고 우리 아
버지 따라 이 집에 자주 왔었지. 이 집에서 거의 살다시피 했어.
대선동 할아버지가 불구가 된 큰아버지하고 우리 아버지가 불쌍
해서 그랬던지 나를 무릎에 앉혀 키우다시피 했지. 나는 어려서
기억이 어렴풋한데 아버지 말로는 내가 김구 선생 무릎에도 여러

번 앉았었다더라. 김구 선생이 이 지역에 오면 으레 이 집에 와서 주무셨대. 나를 무척 귀여워하셨다는데 나는 목소리는 그래도 기억이 나는데 그 얼굴은 가물가물해."

김구 선생이 이 지역에 오면 꼭 대선동 할아버지 집에 묵었단 얘기는 형들한테 한 번쯤 들은 것도 같았다. 하지만 영수 형이 김구 선생 무릎에서 놀았다는 이야기는 아무래도 술 취한 김에 뻥치는 것 같았다. 나는 속으로 '에이, 진즉에 그런 걸 알려주었으면 좀 덜 무서웠을 거 아냐? 처음 이 집에서 밤을 보낼 때 얼마나 무서웠는데' 하고 투덜거렸다.

"대선동 큰할아버지 임종은 대선동 당숙이 지켰지. 살아계실 때는 인사도 안 받았다고 하지만 어쨌든 하나밖에 없는 아들이니까. 그래서 대선동 큰할아버지가 돌아가실 때 무슨 얘기를 했는지는 대선동 당숙밖에 모른다. 하지만 집안 어른들은 다 큰할아버지가 이 집은 용머리 큰아버지하고 우리 아버지에게 남겼을 거라고 짐작들을 했지. 이 집이 큰할아버지 이름으로 남아 있는 유일한 재산이었으니까. 그래도 양심이 조금은 남아 있나봐. 큰할아버지 돌아가신 지 몇 년 되었는데 아직까지 이 집을 팔지도 쓰지도 못하고 이렇게 방치하고 있잖니? 아마도 용머리 큰아버지 돌아가시는 걸 기다리고 있을 거야. 용머리 큰아버지 돌아가시면 이 집을 팔아버리든가 아니면 저 담을 허물고 터를 넓게 쓰거나 하겠지. 하여튼 대선동 당숙이 지금 와서 이 집을 준다고 해도 더럽고 치사해서 안 받겠지만, 내가 하고 싶은 말은 그래도 이 집에 대해선 우리도 조금은 권리가 있다는 거야. 적어도 대선동 당숙이나 일본 아줌마가 너를 맘대로 나가라 마라 할 수 있는 건 아니라는 거지. 이제 오늘 왜 내가 술 한잔 했는지 알겠냐? 일본 아줌마가 너를 내보내겠다고 전화에 대고 막 소리치는데 정말 속이 많이 상하더라. 나나 우리 아버지가 형편이 안 돼서 너를 이 귀신 나올 것 같은 데다 처박아놓은 것만 해도 마음이 아프다. 그런데 그나마 이 귀신 나올 것 같은 데서도 멋대로 쫓아내겠다느니 마느니 하니까 얼마나 속이 상하던지……"

영수 형이 말끝을 흐리며 문밖으로 눈길을 돌렸다. 나도 괜히 콧마루가 찡했다.

"그래서, 안 그랬을 거라고 믿었지만 네가 정말 그랬는지 일단 확인을 하고, 일본 아줌마한테 가서 따져보려고 온 거다. 내 갔다 오마."

영수 형이 일어섰다. 나는 작은 동산 꼭대기를 지나 쪽문을 열고 사라지는 영수 형을 지켜보았다. 많이 취하진 않았는지 비틀거리거나 하진 않았다. 나는 마당으로 내려가 묵은 낙엽을 모으고 풀을 뜯어 모깃불을 피웠다.

한 삼십 분쯤 지나자 영수 형이 쪽문을 열고 다시 나타났다. 영수 형인 줄 알면서도 희끄무레한 게 시커먼 담 구석에서 불쑥 나타나니까 좀 섬뜩했다.

"그새 모깃불 피웠구나. 여기 연못도 있고 해서 여름에 모기 많다."

영수 형이 성큼성큼 동산을 내려왔다.

"얘기했다. 내가 알아서 할 테니까 넌 걱정 말고 있어."

영수 형이 자전거를 끌고 대문 쪽으로 향했다.

"그리고 참, 당숙모님 아니, 니 엄마한테서 전화왔었다."

대문을 나서다 깜빡할 뻔했다는 듯 영수 형이 돌아보며 말했다.

"니 엄마 니 아버지 계신 시골집으로 옮기셨대."

영수 형이 자전거에 올라탔다. 나는 마침 잘되었다 싶었다. 이제 갈 곳은 확실히 정해진 셈이었다.

전날 미스터 하필과 대화를 나누느라 잠을 못 자서 그랬는지 그날 밤은 일찍 곯아떨어졌다. 덕분에 다음날 아침엔 일찍 눈이 떠졌다. 피곤이 가시기는 했는데 그리 상쾌한 기분은 아니었다. 잠을 깨고 났는데도 그 이상한 꿈의 느낌들이 생생했다. 꿈에 어떤 여자가 나타났었는데 얼굴이 영 모호했다. 죽은 인수 누나 같기도 하고, 희정이 같기도 하고, 또 매점 누나 같기도 하고, 어찌 보면 전혀 모르는 여자 같기도 했다. 여자는 알몸으로 나를 껴안았다. 사타구니가 축축한 게 영 찝찝했다. 묘한 죄책감 같은 것도 있었다. 만수 녀석이 얘기하던 몽정이란 게 이런 것인 모양이었다.

나는 홑이불을 둘러쓴 채 윗몸을 일으켜 미닫이문을 열었다. 추적추적 비가 내리고 있었다. 처마에서 떨어지는 낙숫물이 제법 굵은 물줄기를 이루고 있었다. 빗방울들이 연못에 끊임없이 동그라미를 그렸다. 나는 도로 누웠다. 이불 속에서 뭉그적거리기 좋은 날씨였다. 동산에는 연못으로부터 퍼져나간 물안개가 엷게 끼어 있었다. 비 오는 날은 귀곡산장의 정원도 제법 운치가 있어 보였다. 나는 이대로 하루 종일 이불 속에서 뭉그적거릴 건지, 아니면 아버지 있는 시골에 엄마를 만나러 갈 건지 망설였다. 아버지 있는 시골에 가려는 이유가 뭔가? 수업료 타러? 그것도 이유가 된다. 엄마 만나러? 물론 그것도 이유가 된다. 사실 엄마가 몹시 보고 싶으니까. 하지만 그런 이유가 전부는 아닌 것 같았다. 다른 절박한 이유가 있을 것 같은데 그게 뭔지 도무지 알 수가 없었다. 문득 향기인지 악취인지 알 수 없을 정도로 희미해진 부패의 냄새가 코끝을 스쳤다. 미스터 하필이 말을 걸어오려는 모양이었다.

나는 벌떡 일어나 부엌으로 갔다. 부산을 떨며 세수를 하고 아침을 해먹었다. T시에서 아버지가 있는 시골까지 가려면 버스로 여섯 시간 걸렸다. 그래서 조금만 늦장을 부려도 캄캄할 때나 도착했다. 기왕에 가려면 일찍 출발하는 게 나았다. 하지만 내가 유독 부산을 떤 게 꼭 그 이유만은 아니었다. 왠지 미스터 하필과의 대화를 피하고 싶어서였다.

나는 감추어두었던 비상금을 꺼내들고 집을 나섰다. 시외버스 터미널은 귀곡산장에서 걸어서 십오 분쯤 걸렸다. T시에서 아버지가 있는 시골에 가려면 일단 K읍을 거쳐 P읍까지 가야 했다. 그리고 다시 P읍에서 버스를 갈아타고 강을 건너 십오 리쯤 들어가면 U면에 이르는데 그곳이 아버지가 계신 곳이었다. 매표소에서 아버지 있는 시골까지 차비를 계산해보았다. 빠듯했다. P읍까지 차표를 끊으면 삼십원이 남았다. 남은 삼십원으로 점심때 빵을 하나 사먹을까 아니면 점심은 굶고 P읍에서 U면까지 버스를 타고 갈까? 점심때 빵을 사먹기로 했다. 어차피 P읍에서 U면까지는 가는 차가 자주 없었다.

나는 P읍까지 차표를 끊어 버스에 올라탔다. 시외버스 터미널에서 K읍 쪽으로 빠지려면 전에 살던 동네를 지나야 했다. 전에 살던 집의 고샅길 가까이 이르자 교회의 첨탑이 보였다. 이 동네 살 때 다니던 교회였다. 오늘 교회에 갔으면 희정이를 만날 수 있었을 거였다. 지난주 어느 날인가 재성이 형이 요번 일요일에 교회에 꼭 오라고 당부했었다. 재성이 형은 희정이가 많이 궁금해한다는 말도 덧붙였다. 재성이 형은 희정이 오빤데 나하고 같은 중학교의 삼학년이었다. 하지만 오늘 교회에 갔다고 해도 별볼일이 없었을 것이다. 벙어리처럼 말도 못 하는데 희정이를 본들 무엇 하랴. 희정이 얼굴이 떠오르며 가슴 한구석이 쓰려왔다. 고개를 돌리려는데 문득 향기인지 악취인지 알 수 없을 정도로 희미해진 부패의 냄새가 코끝을 살짝 스쳤다.

미스터 하필 그것 봐라. 나한테 하지 않은 이야기가 있지?

나 (좀 짜증을 내며) 이딴 얘기들을 뭐 하러 해요?

미스터 하필 이딴 얘기라니? 사소하게 여겨지는 게 사실은 중요한 거일 수도 있어.

나 (좀 화가 난 듯) 희정이는 교회에서 만난 여자애예요. 나랑 같은 학년이구요. 됐어요?

  미스터 하필 거 봐라. 중요한 얘기지. 중요한 얘기가 아니면 네가 그렇게 화를 벌컥벌컥 낼 리가 없잖아.

  나 *(기가 막힌 듯 웃으며 회상에 잠긴다.)* ……

#16 개구리 왕자들 : 회상 16

  나는 어릴 땐 교회에 열심히 다녔다. 하지만 어머니가 나가라고 하니까 나간 거지 하느님을 믿는다거나 하는 일과는 전혀 상관이 없었다. 그래서 머리가 굵어지면서는 어머니의 성화에도 불구하고 교회에 잘 나가지 않게 되었다. 가뭄에 콩 나듯 어머니의 체면을 세워주기 위해 나가는 정도였다. 그런데 초등학교 오학년 초에는 제법 매주 꼬박꼬박 교회에 나간 적이 있었다.

  그때는 큰당숙네 인수 누나가 죽은 지 얼마 안 되던 때였다. 나에겐 아버지 연구실의 말린 백장미처럼 바스라질 듯 말라가던 인수 누나의 잔영이 아직 또렷이 남아 있었다. 아직 오학년이 되지 않은 2월이었을 것이다. 그 동네에 새로 이사 간 기념으로 어머니를 따라 교회에 갔는데 인수 누나와 정말 비슷한 느낌을 주는 여자애가 눈에 띄었다. 훨씬 건강하다는 점을 빼면 인수 누나와 닮은 점이 참 많았다.

  목사님에게 새로 이사 온 인사를 하느라고 좀 늦게 교회를 나왔다. 골목으로 꺾어지는데 남자애 둘이 인수 누나 닮은 여자애를 괴롭히고 있었다. 여자애는 등을 벽에 붙인 채 서 있었고 남자애 둘이 뭐라고 시비를 걸며 여자애의 팔 같은 데를 만지고 있었다. 나는 그 순간 바스라질 듯 말라가던 인수 누나를 떠올렸던 것 같다. 인수 누나의 죽음으로 좌절해 있던 보호본능 같은 게 무의식 중에 엄청난 분노로 폭발했던 걸까?

"너 이 자식들 뭐 하는 거야!"

나도 모르게 고함을 치며 달려가 두 남자애를 있는 힘껏 떠다밀었다. 거의 무의식적으로 한 행동이었는데 밀어내고 보니 덩치도 나보다 훨씬 크고 학년도 나보다 하나쯤 위로 보였다. 뜨끔했다. 두 녀석이 정신을 차려 달려들면 뼈도 못 추릴 것 같았다. 그런데 다행히 두 녀석은 천둥같이 소리를 치며 달려드는 내 기세에 찔끔해 있었다. 나는 내친김에 다시 한번 눈을 부릅뜨고 소리를 질렀다.

"안 꺼져, 이 새끼들아!"

달려들면 어쩌나 싶었는데 다행히도 두 녀석은 기가 질렸는지 슬금슬금 골목 밖으로 사라졌다. 기가 질린 것도 있었겠지만 그 여자애와 내가 오누이쯤 되는 것으로 알았을 것이다. 긴장이 풀리자 손발이 부들부들 떨렸다.

인수 누나를 닮은 그 여자애 이름은 희정이라고 했다. 그뒤부터 희정이는 일요일마다 나를 데리러 왔다. 나는 팔자에도 없는 교회를 하는 수 없이 꼬박꼬박 나가게 되었다. 희정이는 같은 오학년이었는데 바로 옆 반이어서 학교 갈 때도 같이 갔다.

그런데 얼마 지나지 않아 나는 희정이를 슬금슬금 피하게 되었다. 담임이 우리 반의 모래무지들에게 무시무시한 마술을 걸었기 때문이었다. 그 마술의 이름은 다름아닌 '때 검사'였는데 워낙 꼼꼼하게 보기 때문에 밖에서 노느라 바쁜 모래무지들치고 한 번쯤 안 걸려본 녀석이 없었다. 마법의 순서는 다음과 같았다.

　(1) 팬티만 남기고 옷을 벗는다.
　(2) 더러운 곳이 발견되면 플라스틱 자로 더러운 곳을 얻어맞는다.(부작용:맞을 때 따끔따끔함.)
　(3) 더러운 곳만 빼고 옷을 입는다.(온몸이 더러우면 팬티만, 상체만 더러우면 팬티와 바지만, 하체가 더러우면 팬티와 상의만 입는다. 손발만 더러우면 옷은 다 입고 양말만 벗는다.)
　(4) 그 상태에서 조용히 복도로 나가 여학생 반인 옆반 복도로 행진해간다.
　(5) 한 줄로 서서 더러운 곳이 가장 잘 보이도록 자세를 취한다.
　(6) 쉬는 시간이 끝날 때까지 그 자세로 꼼짝 않고 있는다.(절대 여학생들의 눈총을 피해선 안 된다.)
　* 사용시 유의할 점:이 마법은 반복해야 효과가 나타남.
　* 효과:이 마법을 당한 남자애들은 개구리로 변하게 됨.

　우리 반의 모래무지들은 처음 여학생 반 복도에 끌려가 서 있을 때만해도 창피해하면서도 저희들끼리 킥킥거리곤 했다. 끝나고 나서도 담임에게 개새끼 씨발놈 욕을 퍼붓고 그런대로 넘어갔다. 그런데 그런 일이 반복되자 마법의 효과가 나타나기 시작했다. 치리들을 제외한 우리 반 남자애들은 모두 자기 몸 여기저기에 돌기가 돋았다고 믿었고 피부에 끈적끈적한 점액이 흐른다고 믿기 시작했다. 그리고 조금 더 지나자 자기들은 정말 개구리라고 믿었다. 그리고 여자애들은 건널 수 없는 강 건너 깨끗하고 순수한 세계에 사는 별종의 생물쯤으로 여기게 되었다. 그래서 심통이 나 괴롭힐 때를 빼면 여자애들과 어울리는 법이 없었다.

내가 이 무시무시한 마법에 걸린 것은 4월 말쯤이었다. 점심시간에 축구를 하느라 땀과 먼지가 범벅이 되었는데 미처 씻을 틈이 없었다. 오교시가 끝날 때쯤 담임이 점심시간에 축구한 열네댓 명의 아이들을 앞으로 불러냈다. 우리들의 몸은 당연히 땀과 뒤섞여 말라붙은 흙먼지 때문에 지저분할 수밖에 없었다.

"이건 때가 아니라 축구하다가 흙먼지가 묻은 건데유?"

아이들이 담임에게 항의했지만 소용이 없었다. 우리 열다섯 명의 모래무지들은 어쩔 수 없이 팬티만 걸치고 여자 반 복도에 서 있을 수밖에 없었다. 쉬는 시간 종이 울리자 여자 반 애들이 몰려나왔다. 삼삼오오 무리를 지어 키득거리며 우리 앞을 지나다녔다. 안 보는 척 고개를 외면하고 지나다녔는데 사실은 할끔할끔 눈총을 쏘아대고 있었다. 우리 반의 모래무지들은 여자애들의 눈총을 맞을 때마다 조금씩 개구리로 변해가고 있었다. 눈총을 맞는 자리마다 흉측한 돌기가 돋아나다가 그게 많아지면 '으— 더이상은 못

견디겠다!' 비명을 지르며 홀라당 개구리로 변했다. 나도 온몸이 근질거렸지만 개구리로 변하지 않으려고 이를 악물고 버티는 중이었다. 그런데 시시덕거리며 지나가던 여자애들 중의 하나가 나를 쳐다보았다. 희정이였다. 희정이의 눈총을 맞는 순간 나는 더이상 버티지 못하고 홀라당 개구리로 변하고 말았다. 나의 가슴속은 부끄러움 같기도 하고, 배반감 같기도 하고, 원망 같기도 하고, 분노 같기도 하고 도무지 종잡을 수 없는 감정으로 부글부글 끓기 시작했다. 그 어두운 감정들이 내 피부의 돌기들 사이를 축축하게 젖게 만들었다.

나는 그뒤로 희정이를 피했다. 한동안 희정이가 데리러 왔지만 교회도 잘 나가지 않았다.

미스터 하필 (화가 난 듯) 기가 막히는구나. 그런 끔찍한 마법을…… 참…… 미안하구나.

나 ……

미스터 하필 (한숨을 쉬며) 어른들이 그러면 안 되는데……

미스터 하필은 무슨 생각을 하는지 말이 없었다. 나는 의자 깊숙이 몸을 묻고 창밖을 내다보았다. 차는 높은 고개의 구불구불한 길을 올라가기 시작했다. T시와 K읍 사이에는 평지돌출의 K산이 자리잡고 있는데 꽤 높고 험해서 두 개의 큰 고개를 넘어야 했다. 폭우가 가랑비로 변했다가 다시 장대비로 바뀌고 또 그치기도 했다. 산봉우리들은 겹겹이 구름에 싸여 있었다.

고갯마루 가까이 이르자 짙은 안개가 시야를 가로막았다. 내가 탄 버스가 아래서 바라보이던 그 구름 속으로 들어온 것이었다. 간혹 안개 속에 불그스름하게 번지는 헤드라이트 불빛이 가까워지며 검은 차체의 모습이 유령처럼 나타났다가 스쳐 지나가곤 했다. 차는 고갯마루를 지나 내려가기 시작했다. 안개를 벗어나자 아늑한 골짜기가 내려다보였다. 밑도 끝도 없이 '저런 골짜기에서 조용히 살면 안 되나? 사람들은 왜 그 좁아터진 도시에 와글와글 모여 아등바등 사는 걸까?' 하는 생각이 들었다.

차는 두번째 고개로 접어들었다. 두번째 고개는 첫번째 고개만큼 높지는 않아서 차가 구름 속으로 들어가지는 않았다. 고갯마루에 이르자 멀리 금강이 내려다보였다. 고개를 내려가 길이 강을 만나는 곳이 S면이었다. K읍은 거기서부터 강을 따라 한 시간 남짓 가면 나왔다.

버스는 강을 끼고 달렸다. 비 내리는 강의 풍경은 볼 때마다 가슴으로 젖어들어왔다. 강물 위에 뿌옇게 낀 물안개가 강가의 대숲과 인가와 나지막한 산들과 논밭을 어루만지며 내게 다가와 나와 밖의 경계를 조금씩 허무는 듯한 느낌이었다. 그러면 강이 내 안으로 들어와 내 가슴이 무한히 넓어지고 가득 차는 느낌이었다. 그렇게 늘 강을 보고 다니면 언젠가는 강이 내 안에 들어와 흐를 것만 같았다.

문득 미스터 하필이 말을 걸어왔다.

미스터 하필 *(조심스럽게)* 지금도 그 개구리가 되는 마법에서 못 벗어난 것 같니? 여전히 여자애들이 건널 수 없는 강 너머에 깨끗하고 순결한 땅에 있는 별종의 생물들 같아?

나 그런 것 같기도 하고 그렇지 않은 것 같기도 해요.

미스터 하필 그게 무슨 말이야?

나 지금도 여자애들이 멀리 느껴지긴 해요. 하지만 깨끗하고 순결한 세계에 있는 거라고는 느껴지지 않아요. *(시무룩하게)* ……내가 다 더럽혀버렸는지도 모르겠어요.

미스터 하필 *(놀라서)* 네가 다 더럽혔다니?

나 ……

미스터 하필 *(걱정스럽게)* 그게 무슨 말이야? 왜 그렇게 생각하는 거니?

나 *(회상에 잠기며)* ……

#17 색칠하기 : 회상 17

희수와 박정수는 토요일이나 일요일에 간혹 귀곡산장을 사용했다. 둘은 취미로 그림을 그리고 있었는데 가끔 다른 학교 아이들과 연합 모임을 했다. 어느 일요일인가도 모임을 한다고 해서 나는 일부러 저녁 무렵에야 귀곡산장에 들어갔다. 낙서족 패거리와 영화관에 갔다가 양선달네서 시간을 보낸 터였다.

귀곡산장으로 들어가는 고샅길로 접어드는데 교복을 입은 아이

두셋이 화판을 들고 지나갔다. 대문을 들어서자 희수와 박정수 그리고 여자애 하나가 동산 꼭대기에 서 있는 게 보였다. 노을빛이 아이들이 서 있는 위쪽을 환하게 비추고 있었다. 노을을 손가락질하며 무슨 이야긴가를 나누고 있었다. 나는 마당으로 들어섰다. 여자애가 내 쪽을 바라보았다. 희정이였다. 나는 그 자리에 우뚝 멈추어 섰다. 심장이 멎어버리는 것 같았다. 그리고 다음 순간 나는 개구리로 변해 있었다.

그 아이들은 건널 수 없는 강 너머의 별종들 같은 느낌이 들었다. 하지만 그 강 건너의 세계는 더이상 흰 장미처럼 깨끗하고 순결하지는 않았다. 그러기에는 내 가슴을 채우고 있는 감정의 빛깔이 너무 어둡고 격렬했다. 질투의 감정 같은 것도 섞여 있었고 피처럼 끈적끈적하고 검붉었다. 마치 내가 흰 장미에다 그 끈적끈적하고 검붉은 내 감정의 색깔들을 온통 덧칠해놓는 것만 같았다. 그런 나의 감정 때문인지는 모르겠지만 나는 내 몸에 점점 더 민감해지고 있었고, 여자들이 등장하는 모호한 꿈을 점점 자주 꾸고 있었다. 그때마다 내가 뭔가를 더럽히고 있다는 묘한 죄책감이 들었다.

미스터 하필 (웃으며) 그건 네가 크느라고 그러는 거야. 더럽히다니? 그렇게 자꾸 부정적으로만 느끼는 게 아무래도 그 개구리가 되는 고약한 마법에서 못 벗어난 모양이다.

나 크느라고 그런다고요?

미스터 하필 그럼. 순결한 아름다움은 어찌 보면 무지(無知)의 아름다움이기도 하지. 아무것도 모르는 어린아이의 아름다움이야. 어른들의 세계는 검붉은 장미 같은 거지.

나 우리 아부지랑 말하는 게 똑같네요.

미스터 하필 너희 아버지랑?

어느새 버스가 K읍의 버스터미널에 도착했다.

"K읍입니다. 내리실 분 나오세요."

차장이 소리쳤다. 많지 않던 승객들이 거의 다 내리고 서너 명밖에 남지 않았다.

"내리실 분 더 없으세요? 이 차는 이십 분 뒤에 출발합니다."

차장이 차 안을 둘러보며 소리쳤다. 나는 반쪽의 차표를 보여주고 내렸다. 터미널 주변엔 함지나 단지를 놓고 먹을 걸 파는 할머니들이 많았다. 나는 팥죽을 사먹었다. 이십원이었다. 죽이라서 그런지 양에 차지를 않았다. 입맛을 다시고 있자 할머니가 팥죽을 다시 퍼주었다.

"너만할 땐 많이 먹어야 한다. 너만할 때 먹는 건 뼈로 가니까 늙어서 산삼 먹는 것보다 훨씬 나아. 늙어서는 산삼 녹용을 아무리 먹어도 소용이 없단다. 어여 많이 먹어."

할머니는 빙그레 웃으며 내가 먹는 모습을 내내 지켜보았다. 할머니들은 왜 손주 또래 아이들의 밥 먹는 모습 지켜보는 걸 그렇게 좋아하는 걸까?

나는 할머니에게 고맙다는 인사를 하고 버스로 향했다. '노ㅡ세ㅡ 노ㅡ세ㅡ 젊ㅡ어 노세. 늙ㅡ어지면ㅡ 모옷 노ㅡ오나니……' 흥얼거리는 할머니의 육자배기 가락이 잡아당겨 여러 번 뒤를 돌아보았다.

시적부적 내리던 비가 폭우로 변하고 있었다. 버스가 터미널을 나서는데 할머니가 굽은 허리로 낑낑대며 팥죽단지를 옮기는 게 보였다. 시간이 있으면 저거라도 들어주고 오는 건데 하는 생각이 들었다.

라디오에선 전국이 일찍 북상한 태풍의 영향권에 들었다는 뉴스가 흘러나오고 있었다. 비가 퍼붓듯이 내리기 시작했다. 시야가 흐려져서 그런지 버스가 속도를 늦추었다. 번개가 캄캄해진 하늘을 가르고 지나갔다. 나는 슬슬 걱정이 되기 시작했다. U면은 사방이 강과 냇물이었다. 큰비가 내리면 곧잘 물이 넘쳐 길이 끊기곤 했다.

빗줄기가 다시 좀 뜸해지며 하늘이 조금은 환해졌다. 폭우 속으로 사라졌던 풍경들이 나타났다. 빗줄기는 가늘어졌지만 시나브로 내리고 있었다. 하염없이 내리는 빗줄기를 보고 있으면 걱정들도 하나 둘 사라지고 생각들도 하나 둘 자취를 감추었다. 그러면 마음이 빗줄기가 스쳐 지나가는 허공처럼 되었다.

문득 텅 빈 마음속으로 향기인지 악취인지 알 수 없을 정도로 희미해진 부패의 냄새가 스치고 지나갔다.

164

미스터 하필 그런데 넌 장미를 좋아하니?

나 별로 좋아하는 건 아니에요.

미스터 하필 네가 장미 얘기를 여러 번 해서 물어보는 거야.

나 아버지가 한동안 장미를 키웠었어요.

미스터 하필 너희 아버지가?

나 예. 한 이삼년 동안 아버지는 장미에 미치다시피 했어요.

나, 회상에 잠긴다.

#18 아버지의 비밀병기—흑장미 : 회상 18

내가 초등학교 삼학년 때쯤이었던 것 같다. 아버지가 갑자기 일본에 다녀오겠다고 했다.

"일본엔 갑자기 왜요?"

눈이 동그래진 식구들은 모두 아버지를 쳐다보았다.

"흑장미를 만들어보려고 그래."

식구들은 한참 동안 흑장미란 말뜻을 이해하지 못했다. 누구도 그것이 꽃을 가리키는 말이라고 생각할 수 없었기 때문이었다. 먹고살기도 힘든데 누가 감히 장미꽃 따위를 위해 일본까지 갔다 온다는 생각을 할 수 있으랴. 그런데 아버지의 설명을 한참 듣다보니 흑장미는 아무래도 검은 장미꽃을 가리키는 말 같았다.

아버지는 일제 때 전문학교를 다녔는데 그때 생물선생이 일본에서 제일가는 장미 전문가가 되어 있다고 했다. 그 선생의 꿈이 검붉은 장미가 아니라 진짜 검은 장미꽃을 피워보는 거였는데 드디어 이번에 몇 송이를 피웠다는 거였다. 아버지는 그 선생에게 어떻게 한 건지 얘기도 듣고 재료도 사올 거라고 했다. 그래서 진짜 흑장미를 개발해보겠다는 것이었다. 식구들은 모두 뜨악한 표정으로 아버지를 쳐다보았다.

"왜? 앞으로는 그런 게 진짜 돈도 되는 거다. 네덜란드 같은 나라는 튤립 팔아서 먹고산다잖니."

식구들의 뜨악한 표정을 보고 아버지가 한마디 덧붙였다. 물론 식구들은 아무도 장미가 돈이 된다고 믿지 않았다. 형들의 말에 의하면 아버지는 한 삼십 년은 앞서서 사는 사람이라고 했다. 삼십 년 쯤 뒤라면 몰라도 어떤 미친놈들이 아무리 흑장미라고 해도 비싼 돈 내고 사겠냐는 거였다. 하지만 식구들은 아버지에게 대놓고 반대를 하지 못했다. 이야기를 하는 내내 아버지의 얼굴이 너무 환하게 빛나고 있어서였다. 모두들 '저 양반이 아무래도 저거 못 하게 하면 너무 실망해서 병이 나거나 잘못하면 돌아가실지도 몰라' 하고 걱정하는 눈치였다. 그 걱정 덕분에 아버지는 일본에 다녀올 수 있었다.

아버지는 내 키만큼이나 큰 커다란 박스와 함께 돌아왔다. 그 박스 속엔 축축한 황토덩어리에 꽂힌 장미 가지들과 온갖 약들과 도구들이 들어 있었다. 아버지는 집 앞의 텃밭에 작은 비닐하우스를 짓고 거기서 살다시피 했다. 비닐하우스엔 늘 백장미부터 아버지에겐 불만스럽지만 우리 눈엔 흑장미로 보이는 꽃에 이르기까지 다양한 색의 장미들이 가득 피어 있었다. 아버지는 늘 이 색깔의 장미 가지를 잘라 다른 색깔의 장미에 접붙이는 식으로 새로운 색깔의 장미를 만들어냈다. 그리고 그중에서 색깔이 좋은 꽃을 그늘에서 말려 연구실의 벽에 색의 명암 순서로 죽 걸어놓았다. 한쪽 끝엔 정말 하얀 빛깔의 장미가 있었고 그 반대쪽 진짜 검은 빛깔의 장미 자리는 비어 있었다. 그 빈자리가 채워진 건 그 다음해 여름이었다.

어느 여름날 새벽 "지수야, 지수야" 아버지가 소리를 죽여 나를 깨웠다. 나는 졸린 눈을 비비고 일어나 앉았다.

"막내하고 같이 와봐라."

아버지에게서는 습기를 잔뜩 머금은 흙냄새가 물씬 풍겼다. 비닐하우스에서 밤을 새운 모양이었다. 나는 막내를 깨워 온실로 따라갔다. 희붐하게 밝아오는 새벽빛 속에서 온실에 켜진 백열등의 불빛이 바래가고 있었다.

"봐라. 이게 진짜 흑장미다."

아버지가 온실 중간쯤에 멈추어 서며 꽃을 가리켰다. 거기엔 검붉은색이 아닌 정말 검은색의 장미가 한 송이 막 피어나고 있었다.

"아부지, 그럼 우리 부자 되는 거야?"

막내가 물었다. 아버지는 웃으며 고개를 흔들었다.

"이런 장미는 돌연변이로 생겨나는 거야. 그래서 이런 장미가 나올 수 있는 확률은 아주 적지. 오십 년씩 장미에 매달려 산 사람도 대부분은 이런 장미를 피워보지 못하고 죽는단다. 내가 죽기 전에 이런 검은 장미를 다시 피워볼 순 없을 거다. 이건 기적에 가까운 거야."

아버지의 얼굴은 빛이 뿜어져나오는 것처럼 환했다. 막내와 나는, 그러면 아버지가 돈도 안 되는 흑장미를 왜 그렇게 피워보려 애를 쓴 건지, 그리고 왜 저렇게 얼굴이 환해져서 좋아하는지 도무지 이해가 되지 않았다. 막내와 나는 그날 하루 종일 이 수수께끼 때문에 고민에 고민을 거듭했다. 그래서 막내와 내가 내린 결론은 다음과 같았다.

'흑장미는 평화파 외계인들의 비장의 무기 같은 거다. 진짜 힘은 쇳덩이로만 된 기계장치에서 나올 수 없는 거니까 저 흑장미야말로 그 진짜 힘의 원천이다. 아버지는 틀림없이 그간 잃어버렸던 힘의 원천을 찾아내려 무진 애를 썼고 드디어 그 힘의 원천인 흑장미를 찾아낸 거다. 그래서 그렇게 얼굴이 환해져 좋아하는 거다. 그렇기 때문에 평화파 외계인은 결국 지구 정복파 외계인을 이길 수밖에 없는 거다. 물론 흑장미 같은 비밀병기의 힘은 함부로 쓰는 게 아니니까 최후의 순간에나 사용하겠지만……'

막내와 나는 장미 덕분에 그 금단의 연구실에 몇 번 들어갈 수가 있었다. 아버지는 가끔 벽에 죽 걸어놓은 말린 장미를 우리에게 보여주었다. 어느 날 아버지가 물었다.

"지수 너는 어떤 장미가 좋으냐?"

나는 흰 장미를 가리켰다.

"지수는 아직 애기구나. 흰 장미는 순결함을 나타내지. 순결한 아름다움은 달리 보면 무지(無知)의 아름다움일 수도 있어. 아무 것도 모르는 아이들의 아름다움이지. 꼭 순결한 것만이 아름다운 건 아니란다. 저 검붉은 장미들도 아름답지 않니? 저 검붉은 장미 들은 어른들의 세계야."

아버지의 말은 무척 아리송했다.

"그럼 아부지는 어떤 장미가 제일 좋은데유?"

나는 장미하고는 참 안 어울리는 말투로 물었다. 이상하게 어른 들 앞에서는 꼭 사투리가 나왔다. 아버지는 흰 장미의 반대쪽 끝 에 있는 흑장미를 가리켰다.

"아부지는 왜 흑장미가 좋은데유?"

충청도 사투리는 흑장미하고는 정말 안 어울렸다. 섬뜩한 날카 로움을 가지고 있는 흑장미를 둥글둥글한 호박꽃으로 만들어버리 는 느낌이었다.

"그건 얘기해도 알아듣기 어려울 거다. 다음에 너희들이 크면 얘기해주마."

아버지가 빙긋이 웃으며 우리를 내려다보았다. 결국 막내와 나 는 아버지의 비밀병기 흑장미의 사용 비법을 전수받지 못했다.

미스터 하필 흑장미라, 어떤 장민지 나도 한번 보고 싶구나. 그런 데 그 장미꽃밭은 그뒤에 어떻게 됐니?

나 아버지는 이상하게 흑장미를 피운 뒤엔 장미꽃밭엔 얼씬도 안 했어요. 그러니까 장미꽃밭은 금방 엉터리 장미꽃들로 뒤덮여 버렸죠. 정말 아름다운 빛깔의 탐스러운 장미는 아버지가 한 것처럼 가지 하나하나 일일이 접을 붙여야 피어나요. 안 그러면 그냥 흔히 볼 수 있는 엉터리 장미꽃들이 달리죠.

미스터 하필 *(우으 며)* 너희 아버지가 장미꽃을 심은 건 정말 비장의 무기인 흑장미를 찾아내기 위해서였던 모양이다. 그러니까 흑장미를 피운 다음엔 장미꽃밭을 쳐다도 안 봤겠지?

나 *(헤헤 우으 며)* 맞아요.

미스터 하필 그 말린 장미들은 아직도 아버지 연구실에 걸려 있니?

나 예. 저번 겨울방학에 봤을 때까진 있었어요.

미스터 하필 ······

나 왜요?

미스터 하필 *(우으 며)* 네가 아무래도 그 비밀병기 흑장미의 비밀을 풀기 위해 가는 게 아닌가 싶어서.

미스터 하필의 말이 내 가슴에 와 닿았다.

'그런가? 그 장미들의 비밀을 풀기 위해 가는 거였나?'

그런 것 같았다. 수업료를 받으러? 엄마가 보고 싶어서? 라는 물음으로 다 채워지지 않던 허전함이 비로소 채워지는 느낌이었다.

P읍을 거쳐 J시로 가는 버스는 P읍 버스터미널에 오래 머물지

않았다. 거기서 내릴 사람만 내려주고 백사장 나루터로 갔다. 나루터에서 사람들은 강물 위에 띄워놓은 배다리로 건너고, 버스는 뗏목처럼 생긴 커다란 배에 실려 강을 건너갔다. U면으로 가려 해도 역시 그 강을 건너야 했다.

P읍을 출발하면서 다시 굵어지기 시작한 빗줄기는 백사장으로 들어섰을 땐 폭우로 변해 있었다. 강을 건너는 다리 공사가 이제 막 시작되어서 백사장과 강물 위에 띄엄띄엄 세워져 있는 둥그런 교각들이 보였다. 오후 네신데 벌써 좀 어두컴컴했다. 차에서 내린 나는 깜짝 놀랐다. 강물이 엄청나게 불어 있었다. 강폭이 두 배는 늘어나 백사장 나루터의 천막이 둑 쪽으로 한참 올라와 있었다. 강가로 나가던 나는 그 자리에 풀썩 쪼그리고 앉았다. 강물 위에 띄워져 있어야 할 배다리가 떼어져 건너편 강둑을 따라 길게 떠 있었다. 강물이 불어 떠내려갈까봐 배다리를 떼어놓은 것이었다. 누렇게 변한 강물은 모든 걸 삼켜버릴 듯한 기세로 뒤엉켜 꿈틀거리며 거세게 흐르고 있었다.

'젠장!'

긴 한숨을 내쉬는데 통통배가 건너편에서 오는 게 보였다. 배다리 대신 통통배가 왔다갔다하며 사람을 실어나르는 모양이었다. 나는 백사장의 천막 쪽으로 갔다. 천막 안에는 사람들이 북적거렸다. 안내문이 보였다. 강물이 불고 물살이 거세서 J시나 U면으로 가는 버스가 강을 건널 수 없다는 거였다. 천막 안에는 J시나 U면 방향으로 가는 버스가 끊겨 낭패한 사람들도 좀 있는 것 같았다.

하지만 그건 나에게 별로 중요한 문제가 아니었다. 어차피 U면까지는 걸어갈 수밖에 없으니까. 문제는 강을 건너는 거였다. 천막 안에는 매표소도 있었다. 강을 건너는 통통배의 표를 파는 모양이었다. 뱃삯은 이십원이었다. 나는 입맛을 쩍 다시며 주머니 속의 십원을 만지작거렸다. K읍에서 팥죽을 사먹은 게 몹시 후회가 되었다.

'십원 때문에 여기서 오도 가도 못 하게 되는 거 아냐? 한번 사정을 해볼까?'

매표구에 십원을 집어넣고 머리를 연방 조아렸지만 소용이 없었다. 통통배가 도착했는지 사람들이 우 몰려나갔다. 나는 배를 부리는 아저씨에게 사정을 해보려고 사람들 꽁무니에 붙어갔다. 얼굴과 팔뚝이 구릿빛으로 그을은 아저씨가 사람들을 배에 태웠다. 나는 사람들이 다 탄 다음 그 아저씨에게 십원을 내밀고 수도 없이 머리를 조아렸다. 하지만 아저씨는 사정없이 나를 밀쳐냈다. 나는 하릴없이 임시 식당으로 쓰는 천막으로 가 비를 피했다. 커다란 가마솥에서 국밥 국물이 하얀 김을 뿜어내며 끓고 있었다. 구수한 냄새가 났다. 배에서 요란하게 꾸루룩거리는 소리가 들렸다.

"이거 오늘밤을 어디서 보내지?"

"하룻밤이야 어디선들 못 지내나? 비가 안 그치는 게 문제지. 강물이 줄지 않으면 내일도 버스가 강을 건너기 어려울 건데……"

장사꾼으로 보이는 아저씨 둘이 투덜거리며 국밥을 먹고 있었다. 침이 꼴깍 넘어갔다.

바람이 휙 불어왔다. 온몸이 비에 푹 젖어 있어서 소름이 오소소 돋으며 몸이 떨려왔다. 나는 주위를 휙 둘러보았다. 상류 쪽으로는 부소산이 보였다. 그 앞의 강이 당나라 장수가 백마를 미끼로 용을 낚았다는 백마강이었다. 그 너머로는 U면 쪽으로 나지막한 산들을 양쪽에 끼고 넓지 않은 벌판이 펼쳐져 있었다. 벼가 한창 무성해질 때라 들판이 푸르스름하게 보였다. 나루터의 건너편은 가파른 바위절벽이었다. 그 절벽 위에 정자가 하나 있고 그 작은 바위산 둘레에 장터를 중심으로 집들이 좀 있는데 그게 K면이었다. 강 하류 쪽으로는 툭 트인 넓은 벌판이 빗속에 아스라이 사라졌다 나타났다 했다.

알게 모르게 조금씩 어두워지고 있었다. 나는 가슴이 덜컥했다. 아무래도 더 시간을 끌면 안 될 것 같았다. 나는 헤엄쳐 강을 건너기로 했다. 육학년 때 T시 근처의 금강을 두어 번 헤엄쳐 건너본 적이 있었다. 물살이 급한 큰 강물은 위험해 보이고 건너기 어려울 것 같지만 막상 건너보면 그렇지도 않았다. 큰 강물은 우선 수면 가까이 굴러다니는 돌이나 부딪히는 바위가 없기 때문에 안전했다. 그리고 흐르는 물살을 타면 그 힘 때문에 조금만 팔다리를 움직여도 쉽게 떴다. 잔잔하게 흐르는 둥 마는 둥 하는 강물보다는 급하게 흐르는 강물이 오히려 건너기가 쉬웠다. 겁을 먹거나 체온이 너무 내려가거나 다리에 쥐가 나는 일만 없으면 건너다 죽을 염려는 없었다. 나는 천막 주위에 굴러다니는 비닐봉지를 하나 집어들고 상류를 향해 백사장을 걸었다. 물살이 셀수록 건너편의 목표지점보다 한참 위쪽에서 출발해야 했다. 물살에 실려 사선으로 비스듬히 강물을 건너게 되기 때문이다. 나는 다리를 놓기 위해 교각을 세운 곳까지 이르렀다. 문득 백사장이 굽어지는 위쪽을 보니 노 젓는 배 하나가 짐과 사람 두셋을 태우고 출발하려 하고 있었다. 차림새나 짐으로 보아 다리 공사하는 인부들과 도구를 실어나르는 배인 모양이었다. 나는 막 달려가 머리를 조아리며 강 건너편을 가리켰다.

"야 이 녀석아, 이십원 아끼려고 이 작은 배를 타려고 그러냐? 강 건너다 배 엎어져 너 빠져 죽어도 나는 책임 못 진다. 저 아래 가서 통통배 타고 건너라."

팔뚝이 내 장딴지 두 배는 되어 보이는 아저씨가 소리치고는 노를 저어 강 가운데로 나가기 시작했다. 나는 좀 허망해서 멍하니 강물을 보았다. 차라리 겨울이면 좋았겠다는 생각이 들었다. 한겨울엔 강물이 꽝꽝 얼어붙어 사람들은 얼음 위를 걸어서 강을 건넜다. 강 위에는 늘 얼음에 구멍을 뚫고 고기를 잡는 아저씨들이 있었다. 굵고 긴 장대를 두세 개 이어서 강바닥의 여기저기를 긁었다. 그러면 겨울잠을 자느라 멍해져 있는 커다란 잉어나 가물치들이 쇠갈고리에 걸려나왔다. K면 장터에서는 아주머니들이 큰 고무다라이에 그놈들을 담아놓고 팔았다. 큰놈은 혼자서 고무다라이 하나를 통째로 차지했다. 크고 시커먼 가물치를 들여다보며 어린 마음에 이게 용의 새끼나 죽은 사람의 넋이 아닐까 무서워했던 생각이 났다.

날이 어둑해졌다. 이제 더이상 시간을 끌 수가 없었다. 깜깜해서 두려움이 커지면 강을 건널 수가 없다. 나는 백사장 위를 뛰어다니기 시작했다. 물속에 오래 있으면 체온이 많이 내려가기 때문에 몸을 훈훈하게 할 필요가 있었다. 추위가 좀 가셨다. 나는 얼른 팬티까지 다 벗어 비닐봉지에 넣고 꽁꽁 묶었다. 그리고 비닐봉지를 머리에 얹고 허리띠를 정수리에서 턱 쪽으로 단단히 매어 고정시켰다. 그렇게 하면 옷을 담은 비닐봉지가 계속 물 밖에 나와 있어 물에 쓸려갈 염려가 없었다.

나는 강물 가운데를 향해 걸어들어가기 시작했다. 물이 장딴지까지 닿았는데 벌써 몸이 비틀비틀했다. 바닥 쪽 물의 흐름이 생각보다 훨씬 거세서 균형을 잡기 어려웠다. 물이 허리에 닿는 곳쯤부터는 헤엄을 쳐야 할 것 같았다.

그때 강 가운데 쪽에서 무슨 소린가 들렸다. 아까 강을 건너갔던 나룻배가 다시 강을 건너오고 있었다. 더 싣고 갈 인부와 짐이 있었던 모양이었다. 노 젓는 아저씨가 소리치며 강가로 나가라고 손짓을 하고 있었다. 나는 물이 종아리쯤 오는 데까지 나와 서 있었다. 얼마 지나지 않아 나룻배가 내 앞까지 왔다.

"야 이 녀석아, 너 죽으려고 환장했냐?"

아저씨가 나를 위아래로 쳐다보며 소리쳤다. 공사장 인부로 보이는 아저씨 둘이 첨벙거리며 다가와 배에 올라탔다.

"날씨두 원…… 이래가지구는 한 일주일은 공치겠어."

좀 늙수그레한 아저씨가 툴툴거렸다.

"그런데 이 녀석은 뭐야?"

젊어 보이는 아저씨가 나를 쳐다보며 물었다.

"저 건너 어디 사는 앤가 본데 글쎄 헤엄쳐 강을 건너려고 하잖
아."

노 젓는 아저씨가 말을 받았다.

"용기는 좋다만 아들 잃고 통곡할 니 엄마 생각도 해야지. 얼른
올라타라."

늙은 아저씨였다. 나는 배에 올라탔다.

"강 가운데서 배 흔들리면 안 되니까 여기서 옷 입어라."

노잡이 아저씨가 타령조로 말을 길게 끌었다. 나는 비닐봉지를
내려 주섬주섬 옷을 입었다.

"저 녀석 고추 좀 봐. 작아지다 못해 아예 없어져버렸네."

젊은 아저씨가 내 고추를 가리키며 낄낄거렸다. 나는 옷을 입다
말고 내 고추를 내려다보았다. 추워서 그런지 고추가 정말 번데기
처럼 작게 움츠러들어 있었다.

"너 그래서 장가나 갈 수 있겠냐?"

늙은 아저씨가 말하자 모두들 낄낄거렸다. 나도 얼굴이 빨개진
채 웃었다.

"그런데 너 어디 가는 거냐?"

늙은 아저씨가 계속 말을 걸었다. 나는 U면 쪽을 가리켰다.

"U면 가는 쪽 다리에 물이 찰랑거려 차는 못 다닌다고 하더라.
아까까지 사람은 다닐 수 있다고 하던데. 빨리 가야 할 거다. 물이

더 넘치면 사람도 건널 수 없을 거야."

노잡이 아저씨가 걱정스러운 얼굴로 나를 돌아보았다. 나는 고개를 끄덕였다.

"그런데 너 벙어리냐? 왜 그렇게 말이 없어?"

젊은 아저씨가 물었다. 나는 손가락으로 내 목을 가리켰다.

"이 녀석 정말 벙어리인 모양이네?"

젊은 아저씨가 안쓰러워하는 눈길로 나를 바라보았다.

"너 추운 모양이구나. 이거라도 마셔라. 좀 나을 거다."

늙은 아저씨가 사발에 반 정도 막걸리를 따라주었다. 막걸리를 받아마시자 얼굴에 열이 오르더니 정말 온몸이 따뜻해졌다.

인부 아저씨들과는 삼거리에서 헤어졌다. 삼거리에서 직진하면 J시 방향이고 우회전하면 U면 방향이었다. 나는 삼거리의 위태롭게 흔들리는 보안등 아래서 U면 쪽으로 뻗어나간 길을 바라보았다. 길은 금방 어둠 속에 잠기고 그 앞쪽은 거기서 세상이 끝난 것처럼 캄캄했다. 간간이 번개가 치고 번갯불 속으로 퍼붓듯이 쏟아지는 빗줄기와 산발한 머리를 흔들어대는 나무들이 언뜻 드러났다 사라지곤 했다. 날씨가 사납고 차가 끊겨서 그런지 길에는 쥐새끼 하나 보이지 않았다. 가게들도 다 문을 꽁꽁 걸어잠갔다.

나는 캄캄한 어둠을 향해 걸어나가기 시작했다. 번개가 칠 때마다 검은 실루엣의 야산들과 머리를 산발한 채 온몸을 흔들어대는 나무들이 사진의 음화처럼 음산하게 모습을 드러내곤 했지만 술 기운 때문인지 그렇게 무섭진 않았다. 거센 바람이 뿜어내는 듯한 빗줄기가 눈을 제대로 뜰 수 없게 했다. 빗물이 시냇물처럼 온몸을 훑으며 흘러내렸다. 강풍에 실려오는 빗줄기가 너무 거세서 간간이 뒤를 돌아보며 쉬어야 했다. 그때마다 외로워 보이는 삼거리의 보안등 불빛이 조금씩 멀어져 있었다.

백마강에서 U면까지의 들판은 양쪽에 야산을 끼고 모래시계 모양으로 펼쳐져 있었다. 그 모래시계 모양의 잘룩한 부분에 길지 않은 다리가 하나 냇물 위에 놓여 있었다. 교각이 높아서 물이 넘칠 염려가 없는 다리였다. 나는 다리로 접어들었다. 우르르릉 요란하게 천둥이 울고 번개가 길게 하늘을 갈랐다. 구불구불 흐르는 강물이 만들어내는 물보라가 긴 띠를 이루며 번갯불 속에 언뜻 드러났다 사라졌다. 거대한 은빛 용이 꿈틀거리는 것 같아서 으스스했다. 잘룩한 부분의 산기슭에 있는 상엿집이 음산하게 모습을 드러냈다 사라졌다. 그 밑의 커다란 수양버들은 여자가 산발한 머리를 바람에 휘날리는 모습 그대로여서 번개가 칠 때 보면 정말 무서웠다. 나는 그쪽을 돌아보지 않으려 애쓰며 그 곁을 지났다. U면의 집들에 켜진 불빛들이 바라다보였다. 그 불빛들이 가슴으로 스며들어 온기를 퍼뜨리는 것 같았다. 좀 안심이 되었다.

거기서 조금 더 가면 냇물을 건너는 또하나의 다리가 나온다. 이 다리는 비가 많이 오면 물이 넘쳐 늘 문제가 되었다. 물이 불어 거세게 흐르는 강물은 헤엄쳐 건너도 되지만 거세게 흐르는 개울물은 건너면 안 된다. 물이 불어 거세게 흐르는 개울물은 그 속에 돌과 바위를 굴리고 있기 때문이다. 그걸 건너려다간 빠져 죽는 게 아니라 맞아 죽는다. 무르팍도 깨지고 빠져 죽을 뻔도 하면서 몸으로 터득한 것이니 틀림없는 사실이었다. 나는 그 교각이 낮은 다리에 물이 많이 넘쳐 있으면 건너지 않을 작정이었다.

엄마가 있을 집의 불빛이 또렷하게 보이기 시작했다. 불빛이 희미하고 흔들려 보이는 게 전기가 나가 촛불을 켠 것 같았다. 가슴이 뭉클했다. 비바람에 어딘가 전선이 끊어졌는지 읍내의 불빛들이 다 촛불빛 같았다. 다리가 가까워질수록 가슴이 조마조마했다. 물이 많이 넘쳐 있으면 저 불빛을 눈앞에 두고 돌아서야만 할 것이었다.

다리 위까지 물이 넘치긴 했지만 다행히 바닥에 찰박찰박한 수준이었다. 나는 안도의 한숨을 쉬며 다리를 건넜다. 걸음을 빨리해서 장터로 접어들었다. 마음이 한결 푸근해졌다. 날씨도 사람의 마음을 아는지 바람도 잦아들고 비도 가랑비로 바뀌었다.

아버지 어머니가 있는 사택은 읍내에서 동쪽으로 조금 벗어난 야산 밑이었다. 장터를 벗어나 큰길을 따라 중학교를 지났다. 장날 아침이 되면 흰옷에 풀을 먹여 입은 할아버지 할머니, 아저씨 아줌마 들이 아이들 손을 잡고 무슨 행진이라도 하듯 줄을 지어 그 길을 지나다녔다. 나는 방학 때 빠져드는 늦잠도 떨치고 마루에 서서 그 행렬을 구경하곤 했었다. 큰길을 따라가다가 마을로 들어가는 길을 따라 좌측으로 꺾었다. 엄마가 있는 집의 불빛이 이제 가까이 보였다. 물이 가득한 논에선 개구리들이 울어댔다. 가만히 귀를 기울여보면 개구리들의 울음 사이로 사락사락 물 댄 논에 듣는 빗소리가 배경음을 이루고 있었다. 그 배경음과 개구리 소리를 함께 듣고 있으면 갑자기 하늘과 땅 사이가 휑하니 넓어지는 것 같아 막막한 느낌이 들었다. 저놈의 개구리들은 어쩌다가 세상에 나와서 저런 울음소리로 자꾸만 하늘을 밀어올려 세상을 막막하게 넓혀놓는 걸까?

길 옆 도랑둑에는 비 오는 밤인데도 하눌타리 줄기가 꽃잎 끝에서 실밥이 풀어진 듯한 하얀 꽃들을 가득 달고 있었다. 이상하게 그 꽃들이 떨어지는 백목련 꽃잎처럼 내 가슴속에 와 닿았다. 그리고 그 닿은 자리가 조금씩 썩어들어가는 것처럼 아릿하게 아파왔다.

나는 열려진 대문 앞에 섰다. 안방 창호지 문에 엄마 그림자가 비쳐 있었다. 촛불이 흔들리는 대로 엄마 그림자가 끄덕끄덕 흔들렸다. 엄마는 성경을 읽고 있었다. 엄마는 옛날 사람이라 책을 읽을 땐 심청전을 읽듯이 가락을 넣어 소리내어 읽었다. 웅얼웅얼 책 읽는 소리가 끄덕끄덕 흔들리는 그림자와 뒤섞이며 끝없이 마당에 떨어져 깔렸다. 그 위로 가랑비가 사락사락 조심스러운 발걸음으로 지나가고 있었다. 가슴 한구석이 조금씩 썩어들어가는 듯 아릿하게 아파왔다.

'이제 엄마에게 왔는데 그리움은 왜 조금도 줄어들지 않는 걸까? 나는 도대체 뭘 그리워했던 걸까? 과연 여기가 끝일까? 다 온

걸까?'

두서없는 생각들이 머리를 스치고 지나갔다.

나는 웅얼웅얼 성경을 읽어나가는 어머니의 목소리에 귀를 기울였다. 어머니는 창세기의 롯 이야기를 읽고 있었다.

롯이 소알에 거하기를 두려워하여 두 딸과 함께 소알에서 나와 산에 올라 거하되 그 두 딸과 함께 굴에 거하였더니 큰딸이 작은 딸에게 이르되 우리 아버지는 늙으셨고 이 땅에는 세상의 도리를 좇아 우리의 배필 될 사람이 없으니 우리가 우리 아버지에게 술을 마시우고 동침하여 우리 아버지로 말미암아 인종을 전하자 하고 그 밤에 그들이 아비에게 술을 마시우고 큰딸이 들어가서 그 아비와 동침하니라. 그러나 그 아비는 그 딸의 눕고 일어나는 것을 깨닫지 못하였더라. 이튿날에 큰딸이 작은딸에게 이르되 어젯밤에는 내가 우리 아버지와 동침하였으니 오늘밤에도 우리가 아버지에게 술을 마시우고 네가 들어가 동침하고 우리가 아버지로 말미암아 인종을 전하자 하고 이 밤에도 그들이 아비에게 술을 마시우고 작은딸이 일어나 아비와 동침하니라. 그러나 그 아비는 그 딸의 눕고 일어나는 것을 깨닫지 못하였더라. 롯의 두 딸이 아비로 말미암아 잉태하고 큰딸은 아들을 낳아 이름을 모압이라 하였으니 오늘날 모압 족속의 조상이요 작은딸도 아들을 낳아 이름을 벤암미라 하였으니 오늘날 암몬 족속의 조상이었더라……

어머니의 목소리는 들릴 듯 말 듯 이어졌지만 나는 그 이야기를 다 알아들을 수 있었다. 나는 성경을 한 번도 읽은 적이 없는데 성경에 나오는 대강의 내용은 거의 다 외우고 있었다. 내가 갓난애였을 때부터 어머니는 밤마다 웅얼웅얼 성경을 읽었으니 나는 듣는 걸로 성경을 열 번도 더 뗀 셈이었다. 내 기억으로는 롯과 두 딸의 이야기는 소돔과 고모라의 멸망 뒤에 나온다. 언제였던가, 어머니가 롯과 두 딸의 이야기를 읽는 것을 들으며 성경에 나오는 신은 참 제멋대로라고 생각한 적이 있었다. 타락했다고 큰 도시인 소돔과 고모라를 멸망시켰으면서 왜 롯과 두 딸은 벌하지 않고 두 종족의 창시자가 되는 축복을 내린 것일까? 딸이 아버지와 동침하는 것은 타락이 아닌가?

그런데 오늘은 롯의 이야기를 듣고 있자니 가슴 밑바닥의 여기저기가 불에 덴 듯 쓰리고 아려왔다.

미스터 하필 왜 쓰리고 아리니?

나, *깜짝 놀란다.*

미스터 하필 왜 그렇게 놀라니?

나 *(툴툴거리듯)* 갑자기 나타나니까 그렇죠.

미스터 하필 그게 아닌 것 같은데? 왜 쓰리고 아리지?

나 ……

미스터 하필 ……

나 *(망설이듯)* 요즈음 자꾸 이상한 꿈을 꿔요.

182

미스터 하필 *(조심스럽게)* 무슨 꿈을?

나 *(침울하게)* 여자들이 나오는 꿈예요. 흐릿하긴 한데 인수 누나 같기도 하고, 희정이 같기도 하고 매점 누나 같기도 하고⋯⋯ 아무래도 희정이하고 매점 누나도 인수 누나를 닮아서 좋아했었나봐요. *(얼굴을 잔뜩 찌푸리며)* 여자들이 알몸으로 나를 막 껴안을 때도 있어요. 왜 하필이면 인수 누나가 꿈에 자꾸 그렇게 나오는지 모르겠어요.

미스터 하필 *(별거 아니라는 듯 웃으며)* 그건 아주 자연스러운 거야. 신의 속임수 같은 거지.

나 신의 속임수요?

미스터 하필 그래. 사람들에겐 잃어버린 낙원에 대한 기억처럼 아주 어렸을 때 엄마나 아버지와 행복하게 지냈던 기억이 있지. 그건 이미 잃어버린 거고 되찾을 수도 없는 거야. 하지만 사람들은 끊임없이 그걸 되찾으려 한단다. 그래서 크면 그런 느낌을 주는 여자나 남자를 찾아다니기도 하는 거야. 그러다보면 대개는 비슷한 느낌의 여자나 남자들을 좋아하게 되지.

나 그래서 내가 인수 누나나 희정이나 매점 누나를 좋아하는 거예요?

미스터 하필 그럴 수도 있지. 하지만 한번 잃어버린 건 이미 잃어버린 거여서 되찾을 수는 없어. 끝없이 찾아다닐 뿐이지. 저 불빛 있는 곳이 아름다운 세상인가 가보면 아니고, 또 저기 불빛 있는 곳이 아름다운 세상인가 하고 가보면 아니고, 그래서 살아 있는 한 끝없이 길을 가게 되는 거란다. 신의 속임수지. 달리 말하면 사람이 살아가는 운명의 틀 같은 거라고도 할 수 있고. *(툴툴 거리듯)* 그런데 성경에 나오는 신은 정말 괴팍하고 잔인하구나. 사람이 살아가는 운명의 틀을 굳이 그렇게 극단적으로 짓궂게 표현할 이유는 없는데 말이야. 사막의 신들은 대개 그렇게 괴팍하지. 사막의 삶은 거친 거니까.

나는 미스터 하필의 말을 다 알아들을 수는 없었다. 특히 마지막 말은 미스터 하필의 독백처럼 들렸다. 하지만 내가 더이상 어머니의 품에서 행복해질 수 있을 만큼 순수하거나 무지하지 않다는 것, 내가 이미 행복의 기억을 되찾기 위해 어머니가 아닌 다른 대상을 찾아나섰다는 것. 그 대상은 희정이일 수도 있고, 매점 누나일 수도 있고, 또다른 여인일 수도 있고, 아니면 여인이 아닌 다른 어떤 것일 수도 있다는 것, 행복의 기억을 완전히 되찾을 수는 없기 때문에 그 찾아다니는 길이 끝이 없으리라는 것들은 알 수 있었다.

개구리 울음소리가 들려왔다. 온 들판과 허공을 가득 메우는 개구리 소리가 하늘을 밀어올려 하늘과 땅 사이가 자꾸만 넓어지고 있었다. 그 넓어지는 하늘과 땅 사이로 아득히 뻗어 있는 길과 내가 안타깝게 찾아다닐 무수한 불빛들이 보이는 것만 같았다. 갑자기 그 빌어먹을 '사람이 살아가는 운명의 틀'인지 뭔지가 너무 막막하게 느껴져 눈물이 찔끔 났다.

"그게 너의 말이야. 되찾을 수 없는데도 그게 바로 저 앞에 있는 것처럼 끝없이 찾아다니는 거야. 그 길이 끝나지 않는 한 너의 말도 끝나지 않아. 자, 이제 엄마를 불러봐라."

미스터 하필의 말이 들려왔다.

"엄마."

나는 어머니를 불렀다. 말이 소리가 되어 나왔다. 창호지에 비친 그림자가 잠시 멈칫했다. 그리곤 끄덕끄덕하며 다시 책을 읽어 나갔다. 책 읽는 소리가 그림자와 뒤섞이며 마당으로 떨어져 깔렸다. 나는 사락사락 내리는 가랑비처럼 발소리를 죽여 마당을 가로질렀다. 마루로 올라서는데 창호지 문에 비친 엄마 그림자가 다시 멈칫했다.

"거기 누구요? 누구 왔소?"

엄마의 그림자가 구시렁거리며 몸집을 크게 불렸다.

"엄마."

"누구? ……지, 지수냐?"

엄마가 미닫이문을 열었다.

"어이구! 이게 — 웬일이여?"

엄마가 다가와 나를 꼭 껴안았다. 따듯한 체온이 전해져오자 이상하게 몸이 더 떨렸다.

"왜 이렇게 푹 젖었어? 가만있어봐."

엄마가 수건과 이불을 들고 나왔다. 내 옷을 벗기고 물기를 닦은 다음 이불을 씌웠다. 나는 방으로 들어가 깔아놓은 요에 누웠다. 동생은 세상모른 채 잠들어 있었다. 몸이 바닥으로 끝없이 내려앉는 것 같았다. 정신이 가물가물했다.

"너 밥 안 먹었지?"

내 손을 꼭 쥐고 있던 엄마가 갑자기 깜짝 놀란 듯 소리쳤다.

"어이구 내 정신 좀 봐. 잠깐 기다려, 자지 말구."

엄마가 부엌으로 나가는 것 같았다. 생솔가지 태우는 냄새가 아련히 풍겨왔다. 나는 밥 먹을 새도 없이 곯아떨어졌다.

　다음날 나는 정오가 넘어서야 잠에서 깨어났다. 날이 갰는지 햇빛이 창호지 문에 어려 있었다. 동생은 이미 학교에 가고 없었다. 전기회사는 날씨가 안 좋을 때 바쁜 데라 아버지도 집에 잘 얼굴을 못 내밀 것이었다. 밥상이 차려져 있고 아버지에게 밥 갖다주러 간다는 메모가 놓여 있었다. 나는 허겁지겁 배를 채우고 마루에 나와 앉았다. 행랑채의 한 문에 연구실이란 팻말이 붙어 있는 게 보였다. 문에는 자물통이 채워져 있었다. 나는 신발을 끌고 작업실 문 앞으로 갔다. 옹이가 빠져나간 구멍으로 안을 들여다보았다. 볼 때마다 신비롭게 보였던 광석들과 작업대, 이런저런 기구들이 보였다. 벽에는 말린 장미들이 흰 장미부터 검은 장미까지 명도순으로 걸려 있었는데 중간에 듬성듬성 빠진 곳이 있었다. 떨어져 바스러지거나 한 모양이었다. 오래 쓰지 않았는지 여기저기 거미줄이 살짝 끼어 있었다. 아버지가 연구에서 손을 놓은 것 같았다. 내가 제일 좋아하는 아버지의 모습이 연구실에서 뭔가를 하는 모습이었는데 섭섭했다. 나는 한숨을 폭 쉬며 마루에 걸터앉았다.

문득 향기인지 악취인지 알 수 없을 정도로 희미해진 부패의 냄새가 코끝을 살짝 스쳤다.

미스터 하필 웬 한숨이냐?

나 (좀 놀라며) 아직 안 가고 있었어요?

미스터 하필 네가 풀어줘야 가지. 내가 널 풀어줘 말을 하게 되었으니까 이제 네가 날 풀어줄 차례야.

나 (이마를 찌푸리며) 내가 미스터 하필을 풀어줄 차례라고요? 어떻게 하는 게 풀어주는 건데요?

미스터 하필 그거야 네가 찾아내야 하는 거지.

나 (투덜거리듯) 내가 그걸 어떻게 찾아내요? 아는 게 아무것도 없는데. 난 미스터 하필이 어떤 존잰지도 잘 모르겠어요.

미스터 하필 글쎄 네가 미스터 하필이라고 이름 붙여주었으니까 미스터 하필이지.

나 그거 말고요.

미스터 하필 네가 뭐라고 이름 붙여주지 않으면 나도 뭐가 될 수가 없어.

나 (좀 짜증을 내며) 왜 내가 이름을 붙여줘야만 뭐가 될 수 있어요?

미스터 하필 나는 지워진 사람이니까.

나 (눈을 크게 뜨며) 지워진 사람요? 유령 같은 거예요?

미스터 하필 (웃으며) 이 세상에 유령 같은 건 없어. 난 그냥 지워진 사람이야.

나 (화를 내며) 지워진 사람이 뭔데요?

미스터 하필 이 세상엔 지워진 사람들이 참 많단다. 어떤 사람이 실종되어 죽으면 생물학적으로는 죽었는데 사망신고는 안 되어 있으니까 서류상으로는 살아 있지. 그런 사람은 산 사람도 죽은 사람도 아니야. 그냥 지워진 사람이야. 노숙자도 생물학적으로는 살아 있는데 사회적으로는 죽은 사람이지. 살아 있지도 죽어 있지도 않은 지워진 사람이야. 그런 식으로 지워져 있는 사람들이 참 많지. 살아 있는 사람이나 죽은 사람은 많은 것을 할 수 있어. 하지만 지워진 사람은 아무것도 할 수가 없어. 그냥 지워졌고, 아무것도 아니니까.

나 (좀 안쓰러워하며) 그래도 미스터 하필은 나를 따라다니며 뭔가 했잖아요.

미스터 하필 그거야 네가 나에게 이름을 붙여주었으니까 그럴 수 있었지. 그리고 네가 나처럼 지워질까봐 두렵기도 했고. 사람이 말을 아주 잃어버리면 지워지거든. 이제 넌 지워지지 않을 거야, 말을 찾았으니까. 이젠 네가 나에게 이름을 붙여줄 차례야. 미스터 하필처럼 껍데기만 있는 이름 말고, 내가 뭔가 될 수 있는 이름을 찾아야 해.

　나는 미스터 하필이 안쓰럽기도 했지만 갑자기 좀 부담스럽기
도 했다. 도대체 무슨 이름을 붙여달란 말인가? 미스터 하필에게
뭔가를 더 물어봐야 할 것 같아 잠시 궁리를 하는데 동생이 학교
에서 돌아왔다.
　"엉아 오줌 쌌어? 아침에 보니까 엉아 고추까지 다 내놓고 자고
있더라."
　동생은 오랜만에 만났는데도 불구하고 첫마디부터 시비조로 나
왔다.
　"인마, 오줌은 너 같은 애들이나 싸는 거지. 어제 비를 흠뻑 맞
고 와서 그래."
　"근데 엉아 학교 안 가고 어떻게 왔어? 여기 중학교로 전학 오
려고 하는 거야?"
　"그런 거 아니야."
　"나하고 여기 중학교로 온다고 약속했잖아?"
　"그게 내 맘대로 되냐? 근데 아부지 요새는 저 연구실에서 일
안 하시냐?"
　나는 동생이 또 꼬치꼬치 따지고 들 것 같아 얼른 말을 돌렸다.
　"아부지 술 먹어."
　동생이 고개를 흔들며 말했다.
　"술? 아부지 술 못 드셨는데?"

나는 마음이 아팠다. 속이 많이 상해서 연구하는 일을 아예 그만둔 건 아닐까 하는 생각이 들었다.

"아부지 술 그만 드시고 저기서 일 다시 하셨으면 좋겠다."

나는 작업실 쪽을 보며 중얼거렸다.

"나두."

동생이 쫑알거리며 나를 쳐다보았다.

"너, C읍에 살 때 아부지 연구실 생각 나냐?"

동생은 고개를 흔들었다.

"넌 그때 너무 어려서 잘 기억이 안 나겠구나……"

나는 C읍에 살 때 동생과 아버지 작업실을 들여다보며 놀던 이야기를 해주었다. C읍에서 살던 집은 일본식 집이었다. 집의 오른쪽 구석에 아버지 작업실이 있었는데 그 뒤는 헛간이었다. 그 헛간은 전에는 목욕탕으로 쓰던 곳이었다. 그래서 헛간 가운데 종 모양으로 엎어놓은 무쇠 목욕통이 있었다. 그리고 주위에는 짚이며 가마니 같은 것이 쌓여 있었다. 그 헛간은 나와 동생의 놀이터였다. 우리는 그 목욕통을 비행접시 삼아 우주여행 놀이를 하곤 했다. 넷째 형에게 그 이야기를 했더니 넷째 형은 그 종 모양 목욕통이 정말 비행접시라고 했다. 어느 날 밤 오줌 누러 나갔는데 헛간에서 빛이 번쩍번쩍하고 윙윙거리는 소리가 들리더라는 것이었다. 그래서 판자 틈으로 들여다보았더니 그 종 모양으로 엎어놓은 목욕통이 환한 빛을 뿜으며 올라갔다 내려앉았다 했다는 것이었다. 우리는 거짓말하지 말라고 툴툴거리며 다른 형들한테 물어보았다. 그런데 다른 형들도 한결같이 그 엎어놓은 목욕통이 빛을 뿜으며 떠오르는 걸 보았다고 했다. 그래서 나와 동생은 반쯤은 그 목욕통이 정말 비행접시라고 믿게 되었다.

그 헛간에서 판자 틈으로 들여다보면 아버지가 일하는 게 다 보였다. 아버지는 회사에서 돌아오면 그 연구실에서 살다시피 했다. 아버지는 늘 무슨 쇠붙인가를 붉게 녹여 가는 홈에 부어 철사를 만들었다. 그리곤 전기를 통해보며 이상한 기계들로 뭔가를 재고 노트에 적었다. 아버지 작업실이 제일 신비해 보일 때는 쇠붙이들이 녹아 붉은 액체가 될 때였다. 선반에 진열되어 있는 광석들이 그 붉은 빛을 받아 각각 다른 신비한 빛을 냈다. 동생과 나는 아버지가 틀림없이 그 목욕통 우주선에 대해 뭔가를 연구하고 있는 거라고 생각했다.

형들의 이야기를 들은 뒤부터 동생과 나는 밤에 오줌을 누러 나갈 때마다 헛간 근처에 가보았다. 빛이 뿜어져나오고 윙윙 소리가 들리는 일은 좀처럼 일어나지 않았다. 그런데 어느 날 자다가 오줌이 마려워 일어났는데 정말 어디선가 윙윙거리는 소리가 들리는 것 같았다. 나는 얼른 신발을 신고 헛간으로 가보았다. 환한 빛도 뿜어져나오고 있었다. 판자 틈으로 헛간을 들여다보았다. 몇 개의 빛줄기가 목욕통을 가로지르고 있을 뿐 별일은 없었다. 그 윙윙거리는 소리와 환한 빛은 아버지 연구실에서 나오는 것이었다. 나는 문틈으로 아버지 연구실을 들여다보았다. 나는 아버지가 진짜 외계인이 아닐까 하는 생각을 했었다. "아부지가 외계인이면 우리도 외계인인데?"

동생이 헤헤 웃었다.

"그때 그렇게 생각했다는 거지."

"그럼 지금은 그렇게 생각 안 해?"

"응."

"그럼 지금은 어떻게 생각하는데?"

동생이 또 꼬치꼬치 파고들기 시작했다.

"지금은? 지금은…… 아부지가…… 응…… 연금술사일 거라고 생각하지."

나는 귀찮아서 적당히 떠오르는 대로 대답했다. 그런데 그게 말밥을 대준 꼴이 되었다.

"연금술사가 뭔데?"

"너도 중학교 가면 과학시간이나 세계사시간에 배워. 과학잡지 같은 데도 나오고."

"글쎄 그게 뭔데?"

"응…… 주석이나 구리 같은 걸로 금을 만드는 사람이야."

"와—!"

동생은 갑자기 신발을 신더니 쪼르르 연구실로 달려가 문틈으로 안을 들여다보았다. 나도 뒤따라가 작업실 안을 들여다보았다. 벽에 걸어놓은 말린 장미들에 햇빛이 비쳐 있었다.

"와, 저 쇠붙이들이 다 금으로 바뀌면 우리 집 엄청 부자 되겠다."

동생이 중얼거렸다.

"어이구, 누가 돈독 아니랄까봐. 그건 그냥 옛날에 연금술사들이 그렇게 믿었던 것뿐이야. 실제로는 돌덩어리가 금으로 바뀌는 일은 없어. 선생님이 그러는데 연금술사들은 쇠붙이를 금으로 만드는 데는 실패했지만 대신에 과학이란 걸 만들어냈대. 그러니까 연금술사는 옛날의 과학자인 셈이지."

'돈독'은 쪼그만 게 돈을 너무 밝힌다고 형들이 막내에게 붙여준 별명이었다.

"에이 시시해. 난 크면은 과학자 같은 거 안 해. 난 돈 많이 벌 거야. 엉아는 커서 뭐 할 거야?"

동생이 작업실 문에서 눈을 떼며 나를 돌아보았다.

"나? ……나는 크면은 …… 연금술사나 될까?"

"연금술사?"

"그래."

"아부지처럼?"

"아니. 아부지처럼 쇠붙이를 만지는 거 말고."

"그럼?"

"마음의 연금술사. 사람의 마음속에 있는 슬픔이나 외로움이나 분노나 욕심이나 두려움이나 그런 것들을 아주 아름답게 빛나는 다른 뭔가로 바꾸는 거야. ……나 사실은 많이 힘들었거든. 화도 나고, 슬프기도 하고, 무섭기도 하고…… 너도 많이 힘들었지?"

나도 모르게 눈에 물기가 어렸다. 동생의 눈에도 물기가 어렸다.

"엉아 그거 해. 내가 돈 많이 벌어서 도와줄게."

동생이 웃었다. 나도 동생의 머리를 쓰다듬으며 웃어주었다.

"요놈들 거기서 뭐 하냐?"

아버지였다. 어머니가 도시락통이 든 보자기를 들고 뒤따라 들어왔다.

"그런데 지수 너 학교는 어떻게 하고 온 거냐?"

"2기분 수업료 내야 돼유."

나는 아버지에게 혼날까봐 수업료 얘기부터 꺼냈다.

"참, 그러고 보니 수업료 낼 때가 훨씬 지났구나. 깜박했다. 야 인석아, 그럼 영수 통해서 진즉에 연락하지. 하필 그 태풍 부는 난리 속을 헤치고 올 건 뭐냐? 하여튼 살아서 온 게 용하다. 그런데 너희들 뭘 보고 있었어?"

아버지가 내 머리를 쓰다듬으며 물었다.

"말린 장미유."

"말린 장미? 오랜만에 한번 볼까?"

아버지가 웃으며 연구실 문의 자물통을 열었다.

"진수 너 또 저 광석들 집어가려고 그러지?"

아버지가 선반의 수정돌에 눈독을 들이고 있는 막내에게 한마디 했다. 막내는 연구실에 들어올 때마다 수정돌이나 신기한 광석을 하나씩 슬쩍 들고 나가곤 했다. 막내가 뒷머리를 긁으며 헤헤 웃었다.

"지수 너 아직도 흰 장미 좋아하냐?"

"아니유."

"그럼?"

나는 검붉은 장미들을 손가락으로 가리켰다. 그건 좋아하고 싫어하고의 문제는 아닌 것 같았다. 그냥 내 삶의 빛깔이 흰색에서 검붉은색으로 바뀐 것뿐이다.

"우리 지수가 어른이 되나보다. 검붉은 장미를 좋아하는 거 보니까."

아버지가 나를 내려다보며 웃었다.

"근데 아부지는 왜 흑장미를 좋아하세유?"

나는 또 흑장미하고는 참 어울리지 않는 사투리로 물었다. 어렵게 느끼는 어른들 앞에서는 왜 꼼짝없이 사투리를 쓰게 되는지 참 알다가도 모를 일이었다.

"왜 흑장미를 좋아하냐고? 음— 사람이 죽지 않고 영원히 산다고 생각해봐라. 그러면 아마 사람들은 열심히 살려고 안 할 거야. 삶을 계획하고 뭐고 없이 그냥 되는대로 흘러가는 대로 살겠지. 사람이 열심히 치열하게 사는 건 죽기 때문인지도 모르지. 그러니까 사람의 삶은 어찌 보면 자신의 죽음 위에 서 있는 거야. 저 꽃을 한번 봐라."

아버지가 말린 흑장미를 가리켰다.

"검은색은 모든 색깔을 합친 색이지. 그러니까 모든 삶의 색깔을 끌어안은 삶의 극치라고 할 수 있어. 너도 저 흑장미가 막 봉오리를 벌리는 걸 보았었지? 그때의 검은빛은 정말 삶의 극치였어. 그러면서 검은색은 죽음의 빛깔이기도 하지. 흑장미는 그런 꽃이 란다."

나는 아버지의 말이 알 듯 말 듯했다. 하지만 확실한 것은 그 말이 비밀병기에 대한 설명으로는 참 부적절하다는 것이었다.

"나도 하도 벼락이 많이 떨어져서 잠 한숨 못 잤다. 내일이 별신 제니까 지수 너 그거나 구경하고 가거라. 난 우선 눈부터 좀 붙여 야겠다. 자세한 건 이따 이야기하자."

아버지는 방으로 들어갔다. 들어가고 얼마 안 되어 코 고는 소리가 들렸다.

"저이는 하여튼 잠 하나는 잘 자서 좋아. 어떻게 등만 바닥에 붙었다 하면 코를 곯아?"

엄마는 구시렁거리며 부엌으로 들어갔다.

문득 미스터 하필이 말을 걸어왔다.

미스터 하필 *(풀이 죽어서)* 그 장미들 중에 내 삶의 빛깔에 어울리는 장미는 없는 것 같구나.

나 그 말린 장미를 다 봤어요? 정말 미스터 하필에게 어울리는 색깔의 장미가 없어요?

미스터 하필 *(시무룩하게)* 지워진 사람이라서 그런 모양이지 뭐. 지워진 사람은 삶도 죽음도 없는 아무것도 아닌 사람이니까.

나 *(좀 열을 내며)* 흑장미는요? 흑장미는 어때요?

미스터 하필 흑장미라고? 그럼 내가 죽음이란 말이니? 그런 이름을 붙여주려는 거야?

나 우리 아부지 말대로 삶의 극치이기도 한 죽음요.

미스터 하필 그런 죽음이 정말 있을까? 죽음이라. ……죽음……죽음……

미스터 하필의 목소리가 점점 멀어져갔다.

막내와 함께 어머니가 차려주는 점심밥을 먹었다. 아버지는 한밤중이어서 깨우지 않았다. 밥 먹는 내내 아버지 코 고는 소리가 매미 소리와 경쟁을 했다. 아침밥을 먹은 지 얼마 안 돼서 못 먹을 줄 알았는데 잘도 들어갔다. 막내는 점심 숟가락을 놓자마자 또 놀러나갔다. 점심을 먹고 나자 몸이 나른해지며 자꾸 하품이 나왔다.

"더 자라. 쉽게 풀릴 피로가 아니야. 몸살 안 나는 게 다행이지……"

엄마가 대청마루에서 완두콩을 까며 말했다.

"완두콩은 뭐 하려구?"

나는 엄마의 무릎을 베고 누웠다.

"뭐 하긴 뭐 해? 완두콩 넣어서 너 밥해주려고 그러지. 그래, 엄마 얼굴 보니까 좋으냐?"

엄마가 나를 내려다보며 웃었다. 나는 고개를 끄덕였다.

이상하게 눈물이 나오려고 했다. 엄마의 무릎을 베고 누웠는데

도 가슴 한구석이 썩어들어가는 듯한 아릿한 아픔은 없어지지를 않았다. 밑도 끝도 없이 '이제 엄마 아버지가 있는 고향엔 영원히 돌아올 수 없겠지?' 하는 생각이 들었다. 그랬다, 거기가 도달해야 할 마지막 지점인 것처럼 엄마 아버지가 있는 고향에 몸과 마음이 다 돌아오는 것은 이제 가능한 일이 아니었다. 이미 나의 그리움은 엄마 아버지가 있는 고향을 지나가버린 것이다.

엄마는 내 등을 토닥토닥하며 부채를 부쳐주었다. 가슴이 좀 진정되었다. 그래, 그래도 돌아와 몸과 마음이 잠시 쉴 수는 있을 거야.

맴맴맴맴 쓰— 맴맴맴맴 쓰— 쓰름쓰름쓰름쓰름

매미 소리를 배경으로 음—음—음—음— 엄마의 콧노랫소리가 아득히 들렸다.

두런두런 이야기하는 소리에 눈을 떴다. 처음 보는 누나가 엄마와 마주 앉아 김칫거리를 다듬고 있었다. 내 머리 밑에는 베개가 받쳐져 있었다. 나는 일어나 앉았다. 아버지는 또 회사에 나갔는지 안방은 비어 있었다. 동생도 놀러 나갔는지 보이지 않았다. 해가 많이 기운 것 같았다.

"깼구나? 니가 T중학교에 다닌다는 지수지?"

누나가 내 쪽을 보며 웃었다. 잠이 덜 깼을 땐 매점 누나가 왜 여기 와서 앉아 있나 착각했었다. 그런데 곰곰이 보니 매점 누나하고는 달랐다. 매점 누나에 비하면 훨씬 통통했고 볼이 발그스름한 게 건강해 보였다.

"진수가 니 얘기를 어찌나 많이 하던지 어째 처음 보는 것 같지 않다, 애. 조금 있으면 니가 여기 있는 중학교로 전학 올 거란 말을 아주 입에 달고 살았어."

나는 마음이 좀 짠했다. 아버지와 지내며 동생은 무척 외로웠을 것이다. 아버지는 집에 있는 시간이 많지 않았을 것이고 이 큰 집에서 동생 혼자 있었다면 외로울 만도 했다. 엄마는 같은 동네 사는 그 누나가 시간 날 때마다 동생을 많이 보살펴주었다고 했다. 누나의 이름은 옥자였다.

"너희들 내일 나랑 별신제 구경 안 갈래?"

옥자 누나가 물었다.

"누나는 내일 학교 안 가?"

옥자 누나는 고등학교 이학년쯤 되어 보였다.

"으응, 별신제에 가보라고 이 부근 학교는 내일 다 쉬어. 별신제 구경하고 소감을 써오는 게 숙제지."

"그런데 별신제가 뭐야?"

"그건 이야기가 좀 긴데…… 이 지역은 나당연합군에게 백제가 멸망하고 나서 복신과 도침이 백제부흥운동을 펼쳤던 곳이야. 한때는 여러 성들을 장악하며 세력이 커졌는데 부흥군에 내분이 일어났어. 그걸 틈타서 나당연합군이 다시 공격을 해왔지. 복신과 도침의 부흥군이 포위당해 마지막까지 싸우다가 전멸한 곳이 이 지역이야. 전멸당한 부흥군의 뼈는 땅에 제대로 묻히지도 못하고 여기저기 흩어졌지. 그렇게 천년의 세월이 훌쩍 지나갔어.

조선시댄데 정확히 언젠지는 몰라. 이 지역 일대에 전염병이 퍼져 마을 사람들이 거의 다 죽어나가는 판이었어. 그때 동네 어른의 꿈속에 갑옷을 차려입은 장수 둘이 나타났지. 두 장수는 자기들이 백제부흥군을 이끌었던 복신과 도침이라고 했어. 어디어디에 가면 자기들과 부하들의 뼈가 묻히지도 못하고 땅에 흩어져 있으니 모아다 마을 뒷산에 묻어주고 제사를 지내달라고 했지. 그러면 지금 창궐하고 있는 전염병을 물러나게 하고 이후로도 그런 재앙이 닥치지 않도록 이 마을을 보호해주겠노라고 말이야. 그 동네 어른은 꿈이 하도 이상해서 동네 사람들에게 이야기했지. 그래서 동네 사람들과 함께 꿈속의 장수들이 시킨 대로 했어. 백몇십 구의 뼈를 수습해 마을 뒷산에 묻어주고 당집을 지어 복신과 도침을 동네의 별신으로 모셨지. 그랬더니 정말 전염병이 씻은 듯이 사라졌단다. 그뒤부터 이 지역 사람들이 쌀 계를 해서 사오 년마다 한번씩 별신제를 크게 지냈어. 그때마다 한 오 일씩 장이 서고 사당패도 들어오고 해서 큰 축제를 이루었대.

그렇게 대대로 내려오던 별신제는 일제 말기에 금지당해 끊겼어. 그리고 이십 년이 넘게 지나 이제 다시 부활하는 거야."

옥자 누나는 차분하게 설명을 잘했다.

"별신제를 내일 어디서 지내는데?"

"제사는 마을 뒤 당산에서 지내지. 그리고 아마 가장행렬을 할거야. 그것 말고도 구경할 게 많아. 내일 아침 먹고 진수하고 같이 판소리 공연하는 데로 와라. 난 아침엔 거기 구경 갈 거야."

옥자 누나가 일어섰다. 엄마는 옥자 누나와 화단가에 서서 잠시 이야기를 나누었다. 바람결에 '진수는 밤에 아무 일 없어요?' 하는 말이 들려왔다. 엄마의 표정이 어두웠다.

그날 밤 나는 시끄러운 소리에 잠을 깼다. 엄마가 막내를 끌어안고 있는 게 보였다. 막내는 저기! 저기! 소리치며 천장의 여기저기를 가리켰다. 온몸을 부들부들 떨고 있었다. 나는 정신이 번쩍 들었다.

"진수야, 왜 그래? 정신 차려!"

나는 막내의 뺨을 탁탁 쳤다. 하지만 막내는 아무것도 느끼지 못하는 것 같았다. 번들번들하는 눈을 천장을 향해 치뜨고 있었다. 눈동자가 불안하게 왔다갔다하는 게 꼭 다른 사람 같았다.

막내가 갑자기 벌떡 일어나더니 문밖으로 뛰어나갔다. 붙들어보려 했지만 힘이 보통 세져 있는 게 아니었다. 막내는 저기! 저기! 외쳐대며 집 주위를 두 바퀴나 돌았다. 그나마 뒤란의 대숲으로 달려들어가지 않는 게 다행이었다. 대숲은 뒷산으로 이어져 있어서 그리 들어가면 찾을 수 없을 것이었다. 엄마와 나는 막내의 뒤를 따라 집을 빙빙 돌았다. 막내는 집을 돌다가 우물가로 달려갔다. 엄마와 나는 가슴이 덜컥해서 쫓아가 붙들었다. 막내는 저기! 저기! 우물 속을 가리키며 한참 외쳐댔다. 그러더니 거짓말처럼 온몸에 힘이 빠지며 엄마의 품에 안겨왔다.

다음날 막내와 나는 늦게 아침을 먹고 집을 나섰다. 마을 앞 큰 길은 보이는 끝에서 끝까지 우마차와 사람들로 꽉 차 있었다. 장도 보고 구경도 할 겸 일대의 사람들이 다 집을 나선 모양이었다. 할아버지 할머니나 나이가 좀 든 아저씨 아주머니들은 대개 하얀 모시옷을 입고 있어서 길바닥이 하얗게 보였다.

"와, 이렇게 많은 사람들이 다 어디서 나온 거야?"

막내가 입을 딱 벌렸다.

"그런데 너 어젯밤 일 하나도 기억 안 나냐?"

나는 조심스럽게 말을 꺼냈다.

"뭘? 내가 또 그랬어? 난 하나도 기억 안 나는데?"

동생은 심드렁하게 말했다. 엄마 말처럼 정말 아무것도 기억하지 못하는 것 같았다.

"야, 이거 너 가지고 다녀. 이건 너 뭐 사먹으면 안 돼. 그냥 가지고 다녀."

나는 십원짜리를 막내에게 건넸다. 어제 K읍에서 팥죽 사먹고 남은 십원이었다. 괜히 그 십원짜리 동전이 무슨 부적처럼 동생을 지켜주지 않을까 하는 생각이 들어 주는 거였다.

"왜 이 동전으로는 뭐 사먹으면 안 돼?"

"그 동전은 다른 동전하고 달라."

"어떻게 다른데?"

"그 동전의 다보탑 속엔 작은 부처가 새겨져 있대. 그래서 사람을 지켜주는 힘이 있대더라."

나는 동생에게 뭐라고 설명하기가 힘들어 얼른 둘러댔다.

"정말이야?"

동생은 동전을 햇빛에 비춰보았다.

"눈으로 봐선 안 보여. 그 동전 오래 가지고 있으면 나중엔 몇 백만원씩 할 거래. 그러니까 잘 가지고 다녀. 까먹지 말고."

"알았어."

동생은 내가 준 든 십원짜리를 뒷주머니에 조심스럽게 집어넣었다. 나는 그걸 보며 혼자 피식 웃었다.

읍내는 사람들이 어찌나 많은지 장터뿐만 아니라 동네 전체가 사람들로 꽉 차 있는 것 같았다. 우리는 장터로 들어섰다. 차일을 치고 가마솥을 걸어놓은 국밥집 앞을 지났다.

"진수야, 이리 와봐."

누군가 막내를 불렀다. 막내 또래의 꼬마가 국밥집 의자에 앉아 있었다. 국밥집 아들인 모양이었다.

"엉아, 나는 내 친구들하고 논다?"

막내가 나를 올려다보았다.

"너 엉아 배반하는 거야? 알았어."

나는 웃으며 막내의 머리에 꿀밤을 한 대 먹였다. 막내는 국밥 집 차일 안으로 들어갔다.

나는 판소리 공연을 하는 곳을 찾아갔다. 약장사, 사당패, 악극단 등등이 저마다 전을 펼치고 있어서 판소리 공연장을 찾는 데는 시간이 좀 걸렸다. 판소리 공연은 장터에선 좀 떨어진 초등학교 운동장에서 하고 있었다. 나는 평행봉 위로 기어올라갔다. 무대엔 치마저고리를 입은 여자가 부채를 들고 소리를 하고 모시 두루마기를 걸친 아저씨가 북을 두드리고 있었다. 그 앞쪽에 사람들이 앉아 있는데 옥자 누나는 보이지 않았다. 옆쪽과 뒤쪽에 서 있는 사람들을 살펴보았다. 오른쪽 옆에 서 있는 사람들 틈에 옥자 누나가 보였다. 나는 판소리 공연이 끝나기를 이제나저제나 기다렸다. 〈심청전〉이라고 하는데 창의 발음은 그냥 말하고 좀 달라서 잘 알아들을 수가 없었다. 거기다 평소엔 잘 못 들어보던 거라 재미가 없어 하품만 나왔다.

옥자 누나도 재미가 없는지 판소리 공연이 끝나기 전에 자리를 떴다. 나는 평행봉에서 뛰어내려 옥자 누나에게 갔다.

"응, 지수 왔구나. 진수는?"

"진수는 지 꼬맹이 친구들하고 논다는데……"

"그래? 너 장승 보러 갈래? 거기 니 아버지도 계실 거다."

"우리 아버지가?"

옥자 누나와 나는 학교 서쪽 담의 쪽문을 향해 갔다. 그 문을 나서면 냇가를 따라 난 길이 나왔다. 그 길을 따라 북쪽으로 이백 미터만 가면 복신, 도침과 그 부하들의 유골을 묻었다는 조그만 야산이었다. 당집은 바로 그 야산 기슭에 있었다. 그 야산과 초등학교 사이의 넓은 공터에 새로 깎은 장승이 눕혀 있었다. 새로 깎은 장승에서 풍겨나오는 송진 냄새가 공터를 가득 채우고 있었다. 제사가 막 시작되려는지 도포를 입은 청년들이 장승에 무명천으로 만든 끈을 묶어 들고 있었다. 그 뒤에 역시 도포를 입은 할아버지들이 열을 지어 서 있고 그를 이어 양복을 입은 어른들이 서 있었다. 대머리가 벗겨진 사람들이 많은 것으로 보아 양복 입은 어른들은 지역 유지인 모양이었다. 그 대머리들 중의 하나가 아버지였다. 행렬이 당집을 향해 움직이기 시작했다. 앞장서 가던 암수 장승이 당집 양쪽에 심어졌다. 그리곤 당집 문 앞에 차려진 제상을 중심으로 유교식 제사를 지냈다. 유교식 제사는 명절 때 지내는 집안의 제사와 비슷해서 재미가 없었다. 재미있는 것은 그뒤의 무당이 벌이는 굿과 농악패들의 한바탕 놀음이었다. 무당이 든 나뭇가지가 요란하게 떨리며 신이 내리면 무당은 복신, 도침 장군부터 시작해서 여러 사람의 역할을 천연덕스럽게 잘해냈다. 무당이 시퍼런 작두날 위에 올라가 작두를 탈 때 옥자 누나는 눈을 질끈 감고 고개를 돌렸다. 내 손을 얼마나 꼭 잡았는지 손톱자국이 다 나 있었다.

사물놀이의 북소리와 징, 꽹과리 소리는 가슴을 뛰게 하는 힘이 있는지 사람들을 마당으로 끌어들였다. 패랭이 위의 열두 발 상모가 한바탕 돌아간 뒤 농악패가 풍물을 두드리며 장터 쪽으로 길을 따라 나가기 시작했다. 농악패가 초등학교의 서쪽 쪽문을 지날 때였다. 쪽문에서 가장행렬의 대오가 나와 뒤를 이었다. 깃발과 긴

창을 들고 병졸의 옷을 입은 병사들이 줄을 지어 가고 가마가 뒤를 이었다. 가마를 탄 이는 멸망한 백제의 왕자라고 했다. 가마 뒤에는 갑옷을 입은 장수 둘이 말을 타고 뒤를 따랐다. 병사들의 대오가 장수들의 뒤에 또 이어졌다.

가장행렬이 읍내를 한 바퀴 돌면서 꼬마들을 필두로 사람들이 길게 꼬리를 물었다.

"떨어지지 말고 잘 따라와."

사람들이 북적거리자 옥자 누나가 내 손을 꼭 잡았다. 옥자 누나에게서는 매점 누나와 비슷한 냄새가 났다. 갓난아기의 살냄새와 분과 크림 냄새가 뒤섞인 듯한. 그 냄새가 나를 자꾸 어지럽게 했다.

행렬은 풍물을 두드리는 농악패를 앞장세우고 넓지 않은 들판을 가로질렀다. 토성의 흔적이 남아 있는 야산으로 올라갈 모양이었다. 야산 밑에 이르자 농악패가 한바탕 풍물을 놀았다. 사람이 너무 많아 구경하기가 어려웠다.

"여기선 사람 등 구경밖에 못 하겠다. 우린 미리 산 위에 올라가 있자."

"저 사람들도 산 위에 올라와?"

"응, 저 산 위에서 제사 같은 것도 지낼 걸?"

산은 높이가 삼십 미터 남짓 정도여서 올라가는 데 시간이 많이 걸리지는 않았다. 그래도 숨이 차고 이마와 등으로 땀이 흘러내렸다. 꼭대기에 오르자 바람이 불어와 시원했다. 풍물을 앞세운 행렬이 산을 올라오고 있었다. 행렬의 꼬리는 들판을 지나 장터까지 하얗게 이어져 있었다. 히히히힝 말울음 소리가 들렸다.

"저런!"

옥자 누나가 혀를 쯧쯧 찼다. 복신인지 도침인지를 태운 말 한 마리가 앞다리를 들며 일어서 사람이 떨어진 모양이었다. 행렬이 멈추고 사람들이 우왕좌왕했다.

"말이 뭘 알고 저러는 모양이다."

옥자 누나가 혼잣말처럼 중얼거렸다.

"말이 뭘 알아?"

나는 옥자 누나를 올려다보았다.

"여기가 말 무덤이거든."

"말 무덤?"

"그래, 이 봉우리가 마지막 남은 복신 도침의 백제부흥군이 나당연합군에게 포위를 당했던 곳이야. 그때 장수들이 결사항전을 각오하고 칼을 빼 자기 애마의 모가지를 쳤지. 그리고 싸워서 전멸했대."

나는 머리가 번쩍하는 느낌이었다. 나는 미스터 하필에게 말을 걸었다.

나 봐요. 흑장미하고 같은 빛깔의 죽음도 있잖아요?

미스터 하필 흑장미하고 같은 빛깔이라고?

나 예. 여기 있었던 장수와 병사들이 말 모가지를 친 건 자기 죽음을 앞서 받아들인 거잖아요. 그리고 하루든 이틀이든 혼신의 힘을 다해 싸우며 버텼겠죠? 그만한 삶의 극치가 어디 있어요? 그러니까 삶의 극치가 죽음이고 죽음이 삶의 극치인 흑장미의 빛깔이죠.

미스터 하필 그런가? 죽음? ······죽음. 나한테 그런 이름을 붙여주는 거니?

나 죽음은 이름으론 좀 그렇고······ 흑장미는 어때요?

미스터 하필 *(고장 난 녹음기 소리처럼)* 흑장미?······흑장미······ 죽음?······죽음······

나 *(좀 놀라서 걱정스럽게)* 미스터 하필, 아주 지워져버리려고 그러는 거 아니죠?

미스터 하필 *(웃으며)* 아니다. 너와 나는 언젠가 다시 만나게 될 거야. *(소리 점점 멀어지며)* 흑장미?······흑장미······죽음?······죽음······흑장미?······죽음?······흑장미······죽음······죽음?······흑장미?······

"미스터 하필!"

불렀지만 미스터 하필은 더이상 대답이 없었다. 나는 흩어져가는 바람을 향해 중얼거렸다.

"굿바이 미스터 하필."

비바람을 몰고 왔던 구름들은 바람에 실려 하늘가로 물러나고 햇빛이 환하게 빛나고 있었다. 그 산봉우리는 전망이 탁 트여서 멀리 굽이치는 강물과 어제 걸어왔던 길들이 다 보였다. 강 쪽에서 불어오는 바람이 여기저기 피어 있는 원추리의 긴 꽃대를 흔들며 올라왔다.

  누구에게나 기억해내고 싶지 않은 이야기가 있기 마련이다. 나에겐 미스터 하필이 나에게로 왔던 그 언저리의 기억이 그렇다. 그 시기의 기억들을 되짚어보는 건 어둡고 긴 터널을 다시 한번 지나는 것과 같아서 결코 하고 싶지 않은 일이다. 그럼에도 불구하고 나는 왜 사십여 년 전에 만났던 미스터 하필을 지금에 와서 다시 불러냈던 걸까? 그건 지금만큼 지워진 사람들로 세상이 넘쳐나는 때가 따로 없기 때문일 것이다. 그건 지금만큼 귀중하다고 생각했던 모든 가치들이 무너져가는 속에서 말을 잃어가는, 그래서 지워져가는 아이들로 세상이 넘쳐나는 때가 따로 없기 때문일 것이다. 이것은 한 지워진 사람과 한 말을 잃고 지워져가는 소년이 지워지지 않기 위해 감행하는 필사적인 여행의 이야기이다. 이 이야기를 불러낸 건 어쩌면 내가 아니라 거리에 넘쳐나는 지워진 사람들과 말을 잃고 지워져가는 아이들일지도 모른다.
  나는 어느 날 거리를 걷다가 고개를 푹 숙이고 어깨를 움츠린 채 지나가는 한 외로운 아이를 만난 적이 있다. 그 아이가 나를 스칠 때 나는 분명히 향기인지 악취인지 알 수 없을 정도로 희미해진 부패의 냄새를 맡았다. 나는 그 아이를 따라갔다. 그 아이 곁에 미스터 하필이 함께 걸어가고 있음이 분명했다.

하지만 나는 미스터 하필을 부르지 않았다. 미스터 하필은 지금 막 그 말을 잃고 지워져가는 아이와 지워지지 않기 위한 필사적인 여행을 시작하고 있음이 분명해 보였기 때문이다. 혹시는 미스터 하필이 나와 함께 풀었던 그 흑장미의 비밀을 그 아이에게 들려줄지도 모른다. 아무튼 미스터 하필은 앞으로도 말을 잃고 지워져가는 아이와 지워지지 않기 위한 여행을 계속하고 있을 것이다. 이 세상에 지워진 사람들이 있는 한, 이 세상에 말을 잃고 지워져가는 아이들이 있는 한 그 여행은 끝나지 않을 것이다.

굿바이 미스터 하필!

작가의 말

미스터 하필을 여러분들 곁으로 보낸다.
다 풀리지 않은 수수께끼처럼 보이는 미스터 하필은
우리의 인생이 궁극적으로는 수수께끼로 남듯이
얼마간은 수수께끼로 남을 수밖에 없을 것이다.

　인간은 세계-내-존재(世界-內-存在)라고 한다. 한 사람은 그
사람이 다른 사람, 사물, 도구 등과 맺고 있는 모든 관계의 총체
그 이상도 그 이하도 아니라는 뜻이다. 그 관계는 내가 누구의 아
들, 딸로 태어나듯이 주어지는 측면도 있지만 내가 끊임없이 새로
운 친구를 사귀듯이 만들어가는 측면도 있다. 그 만들어가는 과정
은 물론 순탄하게만 이루어지는 것이 아니다. 내면적으로든 외면
적으로든 끊임없는 결단과 고투를 요구한다. 한 사람이 성장한다
는 것은 그러한 결단과 고투를 통해 자기를 세계-내-존재로서 정

립하는 과정에 다름아니다.

이러한 성장의 과정에서 심각한 좌절을 겪으면 사람은 자기가 맺고 있는 관계의 많은 부분을 포기하고 세계로부터 물러나며 지워져간다. 자폐란 것도 그것이 선천적이든 후천적이든 자기가 맺어나가야 할 관계들을 포기하고 자기 속으로 움츠러들어 세계로부터 지워지는 것이다. 이 소설의 주인공 '나'가 걸려 있는 실어증도 정도는 훨씬 약하지만 비슷한 것이다. 인간은 말을 통해 다른 사람, 사물과 관계를 맺기 때문에 말을 잃어간다는 것은 관계 자체를, 세계를 잃어가는 것이다.

이렇게 점점 말을 잃고 세계로부터 지워져가던 '나'는 또다른 지워진 존재를 만나는데 그가 미스터 하필이다. 미스터 하필은 이중으로 지워진 존재이다. 그는 노숙자다. 노숙자는 사회적인 관계 맺기를 포기한 사람이라는 점에서 세계로부터 지워진 존재이다. 그는 또한 자살한 사람이다. 자살이란 것은 한 사람이 맺어나가야 할 모든 관계를 포기하는 것이기 때문에 그는 지워진 사람이다. '나'는 이 지워진 사람에게 '하필이면'을 줄인 '하필'이란 이름을 붙여준다. 이렇게 이름을 붙여줌으로써 또다른 지워진 존재는 '나'의 세계 속으로 들어오고 '나'에게 말을 건다. '나'는 미스터 하필과 살아온 과정을 되돌아보는 마음의 여행을 통해 자신의 상처를 직시한다. 그리고, 어머니 아버지를 찾아가는 여행을 통해 한 사람의 인생을 추동하는 욕망의 형식과 또 그 삶을 스스로 만들어나가는 결단의 형식을 깨닫는다. 그러한 과정을 통해 '나'는 자신을 세계-내-존재로서 정립해가고 말을 되찾는다.

그런데 도대체 이 세계로부터 철저히 지워진 존재이면서 그렇게 훌륭한 안내자 역할을 할 수 있었던 미스터 하필은 도대체 누구일까? 그는 '나'가 이름을 부여함으로써 불러낸 노숙자, 자살자, 지워진 사람이기도 하고, '나'의 분신이기도 하고, '나'가 관계맺고 싶은 안내자로서의 가상적 어른이기도 할 것이다.

수수께끼 같은 미스터 하필의 존재를 설명하려다보니 쓸데없이 말이 길어졌다. 아무래도 수수께끼로 남는 것은 수수께끼로 남겨두는 게 좋겠다. 다만 한 가지 강조하고 싶은 것은 성장과정에서 깊이 좌절하고 있는 '나'에게 성공한 어른은 결코 좋은 안내자일 수는 없을 것이라는 점이다. 미스터 하필은 가장 철저하게 지워진 사람이기 때문에 지워져가는 '나'에게 가장 훌륭한 안내자일 수 있었다. 거기엔 이 세계로부터 지워져가는 것들의 어떤 깊은 연대 같은 것이 존재한다.

가슴 깊이로부터 우러나는 연대의 마음으로 미스터 하필을 여러분들의 곁으로 보낸다.

2008년 여름

김진경

문학동네 장편소설

굿바이 미스터 하필
ⓒ 김진경 2008

초판인쇄 │ 2008년 7월 10일
초판발행 │ 2008년 7월 17일

지은이 김진경
펴낸이 강병선
책임편집 조연주 최유미
마케팅 장으뜸 방미연 정민호 신정민
제작 안정숙 차동현 김정후

펴낸곳 (주)문학동네
출판등록 1993년 10월 22일 제406-2003-000045호
주소 413-756 경기도 파주시 교하읍 문발리 파주출판도시 513-8
전자우편 editor@munhak.com │ 전화번호 031)955-8888 │ 팩스 031)955-8855

ISBN 978-89-546-0622-6 03810

www.munhak.com